Jean-Paul Kauffmann

# La maison
# du retour

Gallimard

Journaliste et écrivain, ancien rédacteur en chef de *L'amateur de bordeaux* et fondateur de *L'amateur de cigare*, Jean-Paul Kauffmann est l'auteur de *L'arche des Kerguelen* et de *La chambre noire de Longwood* (prix Femina Essai et Grand Prix RTL-Lire en 1997, et prix Roger Nimier) et récemment de *Raymond Guérin. 31, allées Damour*. Il partage sa vie entre les Landes et Paris.

*Pour Cantal*

« C'était le temps inoubliable où nous étions sur la Terre. »

JULES SUPERVIELLE

# 1

L'expression du notaire a changé. Avant la signature, il me regardait avec incrédulité. Une fois l'acte de vente officialisé, j'ai senti de la compassion comme s'il pensait : Le pauvre, il a signé. Le propriétaire quant à lui a l'air embêté. J'imagine qu'il est triste de vendre la maison de son enfance.

Mon notaire est issu d'une vieille famille du village. Il possède des pins, près de la maison que je viens d'acquérir. Il doit penser que la Haute Lande est difficile à vivre si l'on n'y est pas né. Il admire mon intrépidité ou peut-être s'attriste-t-il de mon inconscience.

Une journée immobile de janvier. L'humidité suinte sur les vitres. L'étude sent le plâtre moisi et l'encre d'imprimerie. « Tu as signé ! » déclare Joëlle comme si je venais de m'engager à jamais sous la foi d'un serment. « Toi aussi tu as signé », lui fais-je remarquer. C'est désormais notre maison.

L'ancien propriétaire me regarde avec embarras. « Ça y est, me dis-je. Il va m'annoncer qu'un meurtre est survenu chez lui. Les lieux sont maudits. »

— Voilà, j'ai oublié de préciser un détail. Cette maison a été occupée pendant la guerre…

— Comme beaucoup d'autres… C'est plutôt un bon point, les Allemands choisissaient généralement la meilleure habitation du village. La plus commode et la plus confortable. J'ai donc fait le bon choix.

— C'était une maison un peu spéciale. Une maison de rendez-vous. Vous voyez le genre…

— Un bordel ? Je ne vois pas où est le problème.

— Notre famille n'a plus voulu l'habiter ensuite.

— C'est dommage. Je comprends pourquoi cette maison dégage des ondes positives. C'est le temple de l'amour. De l'amour vénal, c'est entendu. Avec ce passé, la maison ne peut être que bienveillante pour ses occupants.

Il ne semble pas convaincu. Sans doute me prend-il pour un fou ou un naïf. Ou un fils de collabo.

Quelle idée m'a pris de m'établir dans les Landes, région que l'on traverse à la hâte ? Les touristes croient connaître cette étendue qui leur paraît monotone. On la comparait au XIXe siècle au Sahara ou à la Sibérie.

Après une longue absence de France, j'ai désiré changer d'habitudes. La maison de Sologne où nous avions vécu appartenait à un âge d'or qu'il était illusoire de vouloir ressusciter. Avait-il d'ailleurs jamais existé ? Après coup, les temps heureux ne supportent aucune objection. Ils sont inflexibles.

Passé cet âge d'or, j'avais connu l'âge de fer : trois années fantômes. J'aspirais à la paix, à la substance et à la fluidité des choses.

Six mois plus tôt, nous parcourions encore le Sud-Ouest avec une attention particulière pour la région de Bordeaux, mais en dehors du vignoble. Je me sentais trop familier avec le monde du vin pour y vivre. Il faut mettre un peu de distance avec ce que l'on aime. Hors des vignes, pas trop loin cependant. Né dans la Mayenne, ayant passé mon enfance et mon adolescence dans la région de Rennes, je crois être un homme de l'Ouest ou plus exactement un homme atlantique. Il me faut des ciels mouillés, des chemins creux, une lumière changeante et fraîche, les prairies luisantes, l'odeur putride de la marée, les emportements du vent. Une mélancolie corrodante. Je me prends parfois à rêver d'un climat moins tourmenté, de lieux arides, plus solaires.

À mesure que les mois passent, nous devons agrandir le rayon d'exploration : les Charentes, le

Médoc septentrional, puis le Bazadais. À éloigner ainsi notre zone de recherche, nous risquons de nous retrouver dans le Poitou ou en Midi-Pyrénées. Curieusement, nous négligeons le département des Landes. Il apparaît comme un pays plat, uniforme, presque sans existence. Un blanc sur la carte. La résidence secondaire obéit à certaines règles formelles : belvédère, vallon, ruisseau, pièce d'eau, orée de forêt. Sur ce dernier point, mais seulement sur ce point, les Landes sont bien servies. De la route, on n'aperçoit que des pins.

Urbain C., un ami architecte qui possède une bergerie dans la contrée, m'a convaincu de prospecter dans ce coin que j'ai toujours trouvé insignifiant. C'est un vieux copain. Je ne veux pas le contrarier et consens à passer un week-end dans son ermitage. Moustache à la Bel-Ami, nez en bec d'aigle, la comparaison avec le mousquetaire vient naturellement à l'esprit. Sa chevelure en bataille n'est pas sans ressembler à la cime agitée et clairsemée des pins landais.

Située au cœur de la forêt, sa maison n'est pas une de ces datchas de Parisiens qui se plaisent à cultiver un style faussement champêtre, mais un vrai *borde* avec toit descendant très bas, des murs en bardage. On y vit surtout dehors, sous une immense toile de parachute tendue entre les pins. Les toilettes sont à l'avenant. En plein air, cachées seulement par un fourré. On tire la chasse d'eau au milieu des fougères et des hélianthèmes. Ce déversement répand un bruit de geyser unique.

Les arbres légèrement incurvés à la base fusent vers le ciel. J'aime respirer l'odeur des aiguilles de pin. Elles cassent comme du verre sous les pas et répandent une odeur brève, grillée. Urbain connaît ici tout le monde. Il me présente à l'agence Atys-Lapouyade de Mont-de-Marsan. C'est M. Lapouyade qui s'occupera de nous. Celui-ci tient à me préciser que son nom vient du latin *podium* qui signifie tertre. Ce patronyme lui va bien, il a un côté vainqueur qui ne déteste pas monter sur l'estrade. « Je crois savoir ce que vous voulez », dit-il d'un air matois. Il est très fort : nous ne savons pas nous-mêmes ce que nous recherchons.

J'apprends à connaître M. Podium, petit homme dodu au teint bistre, le cou étranglé par une cravate si étroite qu'elle ressemble à une ficelle. Je le verrai perdre peu à peu son bel optimisme.

Notre indécision va le miner. Il s'évertuera à n'en rien laisser voir. « Je crois en la victoire. Aucun client n'est reparti bredouille. » Dans la région, Atys-Lapouyade a été raccourci en Attila. La domination implacable de l'agence est sans doute pour quelque chose dans ce surnom.

Pendant des mois, nous prospectons avec lui. Balloon, ainsi que le surnomme affectueusement ma femme, nous fascine par son extraordinaire agilité. Malgré sa corpulence, il est vif comme un lutin, surtout quand il grimpe dans son 4 × 4. Une ou deux fois, nous croyons avoir trouvé la maison conforme à nos illusions : isolée, rustique et ruinée.

C'était par exemple un moulin au confluent de deux rivières, situé en pleine forêt. Un pont en bois, datant de Mérovée, permettait d'atteindre la presqu'île. Les solives avaient tremblé au passage de notre voiture dans un grondement sourd. Par temps clair, il faisait dans ce vallon aussi noir que dans un tunnel. Mais quel emplacement ! La végétation avait repris ses droits. Dans le jardin potager à l'abandon, la sauge s'était multipliée. Elle avait tout envahi. Retourné à l'état sauvage, le site possédait une beauté mystérieuse et primitive qui faisait peur. Dès la chute du jour, les entrailles de la terre, l'eau de la rivière, les animaux aquatiques, les oiseaux nocturnes devaient mener un sabbat d'enfer. Ce n'était pas fait pour me déplaire. À condition que ces forces invisibles ne fassent pas trop de bruit.

« L'entretien du pont est à la charge du propriétaire », avait précisé en douce Lapouyade. Loin de m'affecter, cette servitude m'enchantait. Entretenir un chemin, rien de plus ordinaire. Tandis qu'un pont, surtout un pont de bois aussi antique, conférait à cette clairière médiévale une pureté archaïque qui me soufflait. On y manquait de tout. L'eau courante, l'électricité n'y avaient jamais été installées. Cette ruine était abandonnée depuis au moins un demi-siècle. Les branches d'une glycine aussi monstrueuse qu'un boa avaient tordu la grille de l'entrée. Certes on pouvait ressusciter cette vieille bâtisse, mais il fallait avoir du foin dans les bottes comme on disait chez moi à la campagne.

Une autre bicoque nous avait séduits. Aussi perdue que le moulin. Elle plaisait bien à M. Lapouyade car située sur un tertre. Une vraie bergerie landaise, l'auvent ajusté au centre de la construction. Les pièces de la charpente étaient assemblées par un remarquable système à tenons avec mortaises et chevilles. Autour des bâtiments, les troncs énormes des pins tanguaient majestueusement sous le vent. En contrebas, à pic, coulait une rivière dont on apercevait le fond sableux à travers l'eau. Les berges bordées d'aulnes et de chênes répandaient une odeur de menthe et d'angélique sauvage. Tout était conforme à notre chimère de vie rustique. Excepté le voisinage. Nous devions partager cette position solitaire et grandiose avec un couple d'origine bordelaise. Ils habitaient à deux cents mètres. Très obligeants, ne demandant qu'à rendre service.

J'imaginais avec terreur cette cordialité qui m'a toujours glacé : longs apéritifs informels suivis de bouffes « à la fortune du pot ». Je déteste le mot bouffe et ne supporte pas l'improvisation dans ce domaine. Je suis d'un naturel un peu sauvage, plus exactement rêveur. Mon inattention est souvent perçue comme de l'insociabilité. Je suis ailleurs, non parce que je m'ennuie mais parce que mon imagination me joue des tours. Elle s'agite dans tous les sens, je dois la calmer. D'où mon air à la fois distrait et absorbé. On prend cette attitude pour de la mélancolie. Je suis en fait un élégiaque enjoué.

« On surveillera la maison quand vous ne serez pas là. » Oui, et quand nous serons là ? Lapouyade, pensant que l'affaire était dans le sac, avait retrouvé pour la circonstance son air de podium. Quand, dans la voiture, j'ai dû lui expliquer que finalement la maison ne me plaisait pas, il m'a dévisagé avec une expression douloureuse. Balloon est un être perspicace, il devinait qu'une raison obscure était à l'origine de mon refus. Mais laquelle ?

Depuis cet épisode, il est soucieux. Pour le rassurer, j'ai fini par lui dire que je trouvais la bergerie un peu sombre.

— Sombre ! Mais elles le sont toutes. Vous savez bien que dans les vieilles maisons landaises, les ouvertures étroites sont une protection.

— Oui, mais celle-ci est particulièrement...

Particulièrement quoi ? Il fallait inventer de toute urgence une explication. J'ai cherché un mot synonyme de sombre pour accentuer mon propos. J'ai failli dire noire. Ce n'était pas assez fort. Pourquoi ai-je prononcé le mot crépusculaire ?

— Crépusculaire !

À l'évidence, l'adjectif lui en bouchait un coin.

« Crépusculaire, crépusculaire », a-t-il marmonné. Je crois que le mot l'impressionnait. J'avais remarqué que le mot déclin revenait souvent dans ses propos. Non pas le déclin de l'Occident, dont visiblement il n'avait cure, mais le déclin de la forêt landaise perpétré, selon lui, par un ennemi de plus en plus sournois : le maïs. Il déteste les maïsiculteurs qui épuisent et assèchent les sols. « Les vrais responsables de la décadence landaise, ce sont eux. »

Quelques semaines plus tard, alors que nous visitions un chalet de style basco-landais, il m'a fait un clin d'œil devant le propriétaire. « Non, a-t-il décrété, ça ne conviendra pas à monsieur : trop crépusculaire ! »

## 2

Je me suis habitué à M. Podium, à son style compact et rapide. Engoncé dans un costume trois-pièces, il n'a pas son pareil pour sauter les barrières des propriétés, dénicher et dresser une échelle. Nous commençons notre tournée le samedi matin. Au bout de plusieurs mois, il ne prend plus la peine de dire : « Je crois cette fois que j'ai trouvé ce que vous cherchez. » Il a remplacé cette phrase par un apophtegme de son cru : « Les Landes, c'est spécial. » Un jour que je lui demandais de préciser, il avait répondu énigmatiquement : « Ça trompe son monde, mais dans le bon sens. »

Nous nous installons, Joëlle et moi, dans l'immense Dodge 4 × 4 aux pare-chocs chromés. Il fredonne un air en battant la mesure sur le volant. À cette époque de l'année, les champs de maïs sont en chaume. Mais il a besoin de les désigner à sa vindicte. Dans son fourgon aux rétroviseurs montés sur trois tiges à la manière des camions américains, il disparaît au fond de son siège — on a parfois l'impression que le Dodge n'a pas de conducteur.

Balloon a pris goût lui aussi à cette quête impossible. Il aime cette façon de débarquer dans la vie des gens tout en sachant que c'est perdu d'avance. Le plus souvent la maison à visiter est occupée. Nous sommes attendus. Nous pénétrons dans l'intimité des occupants. Le logis est soigneusement rangé et nettoyé. Mais il y a toujours un détail qui cloche ou qu'on oublie de soustraire à la vue : le Lexomil dans la salle de bains, un oratoire avec une reproduction du roi Louis XVI. Lapouyade s'amuse de mes jugements sur les gens et la décoration. Il a fini par deviner mon peu de goût pour les intérieurs coquets avec bibelots, pampilles et voilages. Cela le fait rire, mais je suis sûr qu'il aime le style bonbonnière.

— C'est en effet un peu exagéré, mais on a beau dire, c'est confortable.

— Confortable ? Vous croyez que des volants plissés autour des tablettes de radiateur rendent la vie plus commode ?

— Vous êtes sévère ! La vie à la campagne est rude. Un peu d'élégance contribue à la rendre plus facile.

Nos joutes verbales se poursuivent jusqu'à la prochaine visite. Bien que d'un tempérament conquérant, Lapouyade devient de plus en plus soucieux. Je commence moi aussi à être gagné par le doute.

Néanmoins, par sympathie pour Balloon, j'accepte de repartir à la « chasse à la maison qui n'existe pas », selon l'expression de Joëlle. Vais-je renoncer à cette région ? J'aime de plus en plus cette forêt qui s'étend à perte de vue. J'y retrouve la trace de mes lectures de jeunesse, *Le Mystère Frontenac*, *Thérèse Desqueyroux* : la plainte des pins, les métairies du bout du monde, l'odeur de la résine et de l'incendie qui pousse Thérèse à accomplir son acte criminel. Lapouyade m'avait même présenté une maison à Argelouse, village où se déroule l'histoire de Thérèse Desqueyroux. J'attendais beaucoup de cette visite. Elle s'était révélée très décevante — une fermette pavillonnaire.

Après trois années d'enfermement, j'ai besoin de la démesure de ce paysage, ponctué par des vides au milieu des pinèdes mais jamais borné. Tout est clos en France, le moindre espace est délimité. Mes compatriotes considèrent que le monde n'est en ordre que s'il est fermé. Pour jouir de sa possession, chaque propriétaire pense d'abord à l'entourer d'un grillage, d'une haie ou d'un mur hérissé de tessons. Chez nous, posséder c'est exclure ou interdire. Les Français ont la phobie de l'empiètement. Ce qui me plaît dans les Landes, c'est l'absence de clôtures. Voilà la seule forêt ouverte de France, la seule contrée où l'immensité a un sens.

Les réflexions sur la monotonie et la platitude de cette campagne commencent à m'irriter. Le jugement porté sur les Landes constitue un bon test d'intelligence. Si quelqu'un soutient que cette étendue est uniforme et triste, je suis sûr qu'il s'agit d'un esprit convenu. C'est vrai, il y a ce maïs envahissant. Il banalise la lande, mais de là à parler de disparition de la forêt comme le fait Lapouyade, il y a un pas que je me refuse à franchir.

# 3

28 décembre, jour des saints Innocents. Las de ces vaines recherches, j'ai décidé de me séparer de Lapouyade. Cette quête chimérique ne mène à rien. Je lui fais perdre son temps et l'entretiens dans son amour-propre. Je cherche un moment propice pour lui annoncer ma décision.

— On va passer devant une maison que je ne vous ai jamais montrée. Je vous la fais voir, par acquit de conscience. J'ai quelque chose de sérieux à vous soumettre ensuite.

Il dit « soumettre ». C'est un mot qu'il n'a jamais employé jusqu'à présent. Pourquoi une telle précision de langage ? Lapouyade joue son va-tout. Il a une idée derrière la tête.

— Il y a de la route. On jette un coup d'œil à cette baraque, vite fait.

Son 4 × 4 s'est engagé dans un mauvais chemin troué de flaques d'eau. Je contemple le paysage d'hiver à travers ma vitre. Le sol est couvert de givre. On est bien au chaud dans ce gros véhicule si laid et si confortable. Il sera pénible d'en sortir tout à l'heure. Heureusement Lapouyade, sans doute doué de divination, prévient :

— Pas la peine de descendre, vous zieutez et hop, on y va !

— Zieuter ? Je veux bien, mais on ne voit rien.

— Comment cela ! Elle est là, devant vous.

Je ne distingue rien si ce n'est des arbres dénudés. La vue est indéfinissable. Ni vraiment désolée, ni vraiment hospitalière. Intrigué, je sors de la voiture. C'est alors que je l'aperçois.

La maison dans la clairière. Les grands arbres, les feuilles mortes sur le sol, le chemin, tout se métamorphose. La position de la bâtisse est troublante. Toutes les lignes du décor aboutissent naturellement à cette construction. On dirait qu'elle reçoit un hommage. La masse des parterres, depuis longtemps abandonnés, l'ordonnance des bâtiments annexes, l'alignement des arbres convergent vers la grande demeure dans une perspective parfaite.

C'est elle que je n'ai cessé de chercher. Tout de suite, j'apprécie son maintien élégant et modeste. Devant moi, la maison dont je rêve : une vaste retraite campagnarde, des arbres, beaucoup d'arbres, dont deux immenses platanes qui déploient leur ligne brisée autour de la façade. Et la forêt de pins qui entoure sans étouffer.

Lapouyade observe la scène, désorienté. Mon silence l'inquiète.

— Voulez-vous qu'on la regarde de plus près ?

— Non, c'est inutile.

— Bon alors, ne perdons pas de temps, répond-il soulagé.

— Non, monsieur Lapouyade. Mon choix est fait. Nous avons enfin trouvé la maison qui n'existe pas.

Balloon croit avoir mal entendu.

— Cette maison ? Mais vous n'avez même pas vu l'intérieur.

Puis il bégaie :

— Attendez, vous n'êtes plus intéressé par la visite de l'autre maison ? C'est très embêtant. Les propriétaires nous attendent, je leur ai donné rendez-vous, ils ont tenu à nous accueillir, ils viennent de loin.

— Vous n'avez qu'à annuler.

— Comment ça ? Au dernier moment ? Je ne peux pas. Chez Atys-Lapouyade, cela ne se fait pas.

Je crois surtout que le représentant de l'agence Attila est vexé de ne pas avoir deviné mon choix. Je m'avance vers la bâtisse. Tous les volets sont clos. L'habitation paraît inoccupée depuis long-temps. Elle n'a pas cet air renfrogné des demeures qu'on a cessé d'ouvrir ou d'aérer. Cadenassée, elle l'est pourtant. Persuadé que la propriété ne m'intéresserait pas, M. Lapouyade n'a pas pris la clé.

Je fais le tour du bâtiment pour voir si un volet mal fermé me permet de jeter un coup d'œil à l'intérieur. L'arrière orienté à l'ouest est boueux et peu engageant. Comme dans beaucoup de constructions de la région, la toiture dite en « queue de palombe » descend très bas à l'ouest pour limiter la prise au vent. Un auvent ouvert à l'est laisse pénétrer la lumière du soleil levant. Du côté de la cuisine, je finis par repérer une lucarne obstruée par du papier journal qui s'est légèrement décollé.

Ce premier regard, comment l'oublier ? L'obscurité presque totale qui règne dans la pièce m'empêche de distinguer la moindre forme. Je devine dans les ténèbres l'intimité d'une maison hors du monde extérieur depuis des lustres. Cette opacité a un sens. Je sens un état léthargique mais non pas inerte. En même temps, je peux mesurer ce que mon regard a d'indiscret. Qu'ai-je entrevu ? Peu de chose en vérité. La cordelière d'un rideau ? Les contours d'une lampe à suspension ? Un anneau reposant sur le sol — peut-être une rondelle de poêle ? J'ai surtout surpris, me semble-t-il, l'âme secrète d'une maison qui essaie de ne pas sombrer.

J'imagine l'effort que représente ce refus de disparaître. Il y a de l'indécence à observer une telle obstination.

— Attendez un instant, je vais chercher la clé à l'agence, propose M. Lapouyade.

En l'attendant, je fais le tour du propriétaire. Ainsi donc, ce sera là, dans la Haute Lande, région qu'ignorent les magazines de décoration, que je vais m'établir.

Et cette clé que Lapouyade ne parvient pas à engager dans la serrure : qu'elles sont longues ces minutes ! Fourrageant dans le mécanisme, il tente de faire bouger le pêne immobilisé par la rouille. À force de jurons et de dextérité, il finit par en venir à bout. Lui d'ordinaire si habile perd ici tous ses moyens. Ce temps d'arrêt où, la clé ayant agi, Lapouyade entretient le suspense comme un chef de revue s'apprêtant à dévoiler un grand spectacle me paraît de mauvais goût. Je ne lui en veux pas. Après tout, il a fini par la trouver, la campagne que je cherchais, il n'a ménagé ni son temps ni son enthousiasme.

J'ai l'impression d'entrer dans une caverne. Cet air froid et humide reçu en pleine figure n'est pas de bon augure. Un linoléum se détache du carrelage. L'intérieur sent la vieille cheminée, ainsi qu'une odeur de bois corrompu, pas désagréable, qui fait penser au thym et à la girofle. Lapouyade ouvre un par un les volets, redonnant vie à toutes ces pièces qui reçoivent brutalement la lumière de décembre.

De ce premier contact je ne garde que des images furtives : une immense maison parée de carreaux 1900, un poêle mirus raccordé à une cheminée, des rideaux cramoisis, un débarras jonché de vieilles photos et d'emprunts russes. Lapouyade présente chaque pièce avec cérémonie. J'ai fait rapidement le compte : une quinzaine.

La demeure à l'origine ne devait pas manquer de prestance. Elle a perdu sa belle mine faute d'entretien et de moyens. Il suffit d'observer les bricolages de fortune pour s'en convaincre : enduits au ciment, plaques d'aggloméré. De cet intérieur quelque peu désolé, il subsiste pourtant des traces de splendeur : guirlandes florales, motifs à feuilles d'acanthe rehaussant l'encadrement de la plupart des cheminées, jambages en marbre, moulures élégantes au plafond.

Autre vestige de ce passé, le jardin. En fait plus qu'un jardin : une étendue vaguement engazonnée, peuplée d'arbres centenaires. Les broussailles l'ont envahi. D'énormes troncs morts gisent sur le sol. Je note la présence d'un cèdre de l'Atlas sans doute très ancien. Ses branches étagées, légèrement bleutées, se balancent avec majesté. Devant la maison, deux palmiers morts arborent un plumeau dégarni. La nervure des feuilles pend en longs fils. Ni jardin ni parc, cet espace typiquement landais s'appelle, je l'apprendrai plus tard, un airial.

Au terme de cette visite, Lapouyade affiche une mine défaite. Il marche avec lourdeur, accusant soudain cet empâtement qu'il savait si bien faire oublier. Pour lui, c'est fini.

# 4

Un mois après la signature chez le notaire, j'ai convié ma famille et quelques amis dans les Landes. Ils vont faire la connaissance des Tilleuls — c'est le nom de la propriété. J'aime l'absence d'affectation du substantif. Les Tilleuls, parce que tout simplement le lieu en compte une dizaine de belle taille, alignés près du chemin. Nous allons pique-niquer. Les voitures sont garées dans tous les sens non loin de la maison. Un groupe parle de la fatwa que Khomeyni vient de lancer contre Salman Rushdie. Ordre est donné aux musulmans du monde entier d'exécuter l'auteur des *Versets sataniques* ainsi que ses éditeurs. Dans le brouhaha, je capte d'autres commentaires plus prosaïques : « Pourquoi a-t-il choisi de s'enterrer ici ? » « La baraque est immense, comment va-t-il la meubler ? »

Mon père commente, non sans quelque admiration : « Pas mal ! Pas mal ! Encore ta folie des grandeurs ! » Dans l'ensemble on s'explique mal ma « nouvelle lubie », expression émanant de ma chère mère qui se plaint d'emblée d'avoir les pieds gelés.

J'ouvre la porte lentement. Un concert d'exclamations faussement admiratives, c'est le jeu, salue mon geste. On n'y voit goutte, l'électricité n'est pas encore branchée, mais il est de bon ton d'applaudir. J'écarte les volets, les pièces s'illuminent une par une, aussi brutalement que sous une impulsion électrique. Le sol carrelé des pièces est très froid. Je ne décèle pourtant aucune trace d'humidité. L'odeur sombre et épicée de la maison avec ses notes d'encens et de résine énerve agréablement le sens olfactif. Nous défilons dans les pièces. On fait valoir qu'il y aura du boulot. « Toute l'électricité est à refaire, sans parler de la plomberie », s'afflige Urbain, mon ami architecte. Lorsque je lui ai montré les lieux, il y a deux semaines, j'ai eu très peur. La promesse de vente étant signée, que serait-il arrivé si son verdict avait été défavorable ? « Tu ne pouvais pas trouver mieux », a-t-il décrété. « Surtout, il ne faut toucher à rien », dit ma mère. « Ah ! pardon, je pense qu'il faut tout foutre en l'air et repartir de zéro », coupe l'un. « Repartir de zéro, cela n'existe pas. On hérite toujours d'un environnement », déclare doctement Urbain.

Une âpre discussion s'engage entre conservateurs et démolisseurs. Je dois vite arrêter le débat, rappelant que je n'ai pas les moyens de détruire. « Tu as tort. Tu dois intimider ta baraque, imposer ton style. Sinon, elle t'échappera. » « Absolument pas, tu dois l'apprivoiser, surtout ne pas la brusquer. » Ils parlent de cette maison comme s'il s'agissait d'un être humain. C'est plutôt bon signe. Il y a comme toujours les partisans de la manière forte, les doux et le parti du juste milieu. Je suis moi-même partagé. J'ai tendance à faire confiance au bon sens des premiers propriétaires, probablement des paysans enrichis devenus des notables. Ils ont organisé la distribution des pièces autour d'un grand vestibule. La cuisine, très vaste, est accompagnée d'un office qu'on appelle ici la souillarde.

Par principe, je suis contre tous les intégrismes. Celui du « tout-à-l'ancienne » me répugne. « Une restauration inventive », dis-je. Le slogan qui ne veut pas dire grand-chose contente tout le monde. Avant le repas, je plante solennellement un magnolia près de la maison. Il est de taille modeste, mais présente déjà de belles feuilles vernissées. Geste fondateur. L'opération se révèle plus difficile que prévu. En creusant le trou, je me heurte à une croûte très résistante. Je vais apprendre à connaître ce tuf ferrugineux, l'alios, qu'il est nécessaire de briser avant de mettre en terre un jeune arbre ou un arbuste.

Nous avons disposé les victuailles sur le panneau d'une porte. Il gèle à pierre fendre. La grande cheminée de la cuisine est bouchée par une plaque : elle est traversée par un tuyau permettant d'évacuer la fumée d'un poêle. Je procède à la destruction de l'installation fort inélégante. Sous les hourras de l'assistance, la plaque tombe dans un nuage de suie. Apparaît un splendide tablier orné de cabochons de cuivre. Nous allumons une bonne flambée après avoir brisé quelques caisses de bois. Sans doute la première depuis la guerre. La cheminée ne s'est pas fait prier, elle s'enflamme avec une ardeur peu commune comme si elle avait du temps à rattraper. Au bout de quelques minutes, le foyer s'est transformé en fournaise. Puis, au contact des bûches, le grand feu s'apaise. Sagement il se met à ronfler, répandant une atmosphère tiède dans la cuisine. Il est vrai que nous sommes aidés par les flacons de bordeaux.

Je fais tout à l'envers. On pend généralement la crémaillère une fois les travaux terminés. La fête improvisée se prolonge jusqu'en fin d'après-midi. Les maisons vides ont la particularité de susciter un goût de la découverte qui remonte sans doute à l'enfance. Les anciens occupants s'évertuent à faire disparaître leurs souvenirs mais ils n'effacent pas tout. Nous retrouvons un nombre incalculable d'objets cachés dans les placards ou oubliés dans le grenier : une pendule désarticulée au piédestal orné de festons et d'arabesques, une édition scolaire de Virgile comportant des extraits des *Bucoliques* et des *Géorgiques*, un jeu de croquet déniché sous les combles, une assiette de faïence ébréchée assortie de fleurs de chardon, fabriquée à Samadet.

Les chambres de l'étage sont toutes munies de tablettes de verre et de porte-serviettes en cuivre, vestiges d'étagères datant de l'occupation allemande. Entre-temps, j'en ai appris un peu plus sur ces années-là. La Wehrmacht faisait venir des filles de Bordeaux. L'ancien propriétaire m'a promis des photos prises pendant la guerre. C'est un homme d'aspect frêle, méticuleux, très courtois. Son léger accent gascon donne à ses propos une clarté et une forme colorée qui m'enchantent. Ce parler ne se veut pas savoureux, il est l'expression d'une simplicité réfléchie. Il semble content que ce soit moi qui ai acheté la maison de son enfance. J'ai pourtant le sentiment qu'il comprend mal ma curiosité. De ce passé, il dit elliptiquement : « Le devoir de chacun était de ne pas s'en remettre aux autres. »

Cette période a laissé des traces. Des parachutages d'armes ont eu lieu dans la forêt pendant l'Occupation. L'affaire Grandclément s'est terminée à quelques kilomètres des Tilleuls. Arrêté par les Allemands, ce chef de la Résistance s'était vu proposer le marché suivant : les caches d'armes contre les membres de son réseau qui auraient la vie sauve. Remis en liberté, il fut, sur ordre de Londres, exécuté avec son épouse dans le village voisin en juillet 1944.

Je veux connaître les antécédents de cette maison. Résolu à passer le reste de ma vie avec elle, j'ai le droit de savoir qui elle est. Il me semble qu'elle joue avec moi les mystérieuses. Elle veut m'embobiner, dissimulant non sans aplomb certains pans de son existence. Je ne veux pas entrer dans son jeu. Laissons-la s'exposer. Pour l'instant, elle a besoin de faire une grande toilette.

Tandis que les bûches ramassées autour de la maison achèvent de se consumer dans l'âtre, je songe que les ennuis vont commencer. Il ne suffit pas d'acheter une campagne, encore faut-il la rendre habitable. Et pour la rendre habitable, il va falloir faire appel aux gens du métier : maçons, électriciens, plombiers. Urbain a promis de m'aider. Son maître mot : faire travailler les artisans du coin. « Mais s'ils sont mauvais ? » ai-je objecté. « Non, les Landais sont gens sérieux. » Urbain est à moitié landais. Ne serait-il qu'à moitié sérieux ?

# 5

Pour surveiller la restauration de la maison, j'ai décidé de camper aux Tilleuls. Joëlle vient chaque week-end dans les Landes après sa semaine de travail. Au début du printemps, je me suis installé au premier étage. L'eau est coupée. Heureusement je dispose d'un puits. Chaque matin, je fais ma toilette avec un tuyau d'arrosage. Je grelotte. L'eau ferrugineuse a des reflets verts. Urbain m'assure qu'elle est potable. C'est lui qui a déniché l'entreprise générale Calasso, maçonnerie-plomberie-électricité, « la meilleure du coin ». Deux ouvriers travaillent chez moi.

Ils me voient prendre mon petit déjeuner quand ils s'apprêtent à attaquer le casse-croûte de midi. Ils prennent silencieusement leur repas sous l'auvent. Je ne les vois sortir de leur réserve que lorsque des chevreuils s'approchent. Leur instinct de chasseur prend alors le dessus. Ils se poussent mutuellement du coude, avançant le menton dans la direction des cervidés. Ces derniers sont peu farouches et viennent fureter tout près de la maison.

Une bétonnière est installée devant l'entrée. La cuve tournante ronronne, de petits cailloux tambourinent contre la paroi. Le bruit familier rythme les jours. L'un des maçons a la peau sèche et cuivrée. Il arbore une taroupe, cette touffe de poils entre les sourcils qui lui donne un air farouche. L'autre a l'aspect gracile d'un lutteur. Il est d'une force herculéenne. Il tire d'un air méditatif une pipe en maïs. Je les ai surnommés Castor et Pollux. Ils sont inséparables comme deux frères et coiffés tous deux d'un bonnet. Le vendredi midi, ils s'autorisent une larme de vin dans un verre Duralex. Ce jour-là, ils débauchent une heure plus tôt.

Urbain vient de temps à autre aux Tilleuls jeter un coup d'œil. Après l'inspection, il lisse sa moustache et déclare : « Ils font un travail excellent. » Je vis au milieu du plâtre et du ciment dans un fond musical que diffuse une radio aux baffles volumineux. L'appareil souillé de traînées de chaux et incrusté d'éclats de mortier ne les quitte pas. J'entends que la répression d'une manifestation contre les *Versets sataniques* a fait une vingtaine de morts à Bombay.

« Le portland est impeccable », me confie un jour Pollux. Le portland, comme on le sait, est un ciment. Cette prolixité assez inhabituelle me laisse coi. « Pourquoi ? » dis-je en balbutiant. « Trois parts de calcaire et une d'argile. » Je n'en saurai pas plus. Castor préfère visiblement le plâtre. Il taloche les murs en lissant sa planche. Ses sourcils ressemblent aux branches enneigées d'un sapin de Noël.

Le ciel changeant de printemps s'éclaire et s'assombrit en quelques secondes. À travers les nuages noirs qui courent à toute vitesse au-dessus des platanes, des trouées de bleu vif surgissent fugitivement. Une pluie battante déferle soudain et cesse tout aussi vite. Castor et Pollux se réfugient sous l'auvent en ôtant leur bonnet. Nous contemplons les giboulées qui partent à l'assaut des deux grands platanes avant de renoncer précipitamment comme si la charge était mal préparée. Ces averses violentes ont quelque chose d'expédié, de bâclé. Dans la maison ouverte à tous les vents, les portes claquent. Seul le premier étage où je me suis installé est préservé des courants d'air qui semblent plaire à Castor et Pollux. Ils adorent la bourrasque, les rafales qui font cogner les volets. Le rez-de-chaussée est leur domaine. Je sais qu'un jour ils s'attaqueront au refuge que je me suis aménagé en haut.

En attendant, j'explore les abords de ma maison. À l'origine, elle était située au milieu de la forêt qui s'est peu à peu démaillée à cet emplacement. Comment ne pas opposer sa nature sereine et équilibrée — son côté apollinien — au labyrinthe de pins qui la protègent plus qu'ils ne la cernent — le monde dionysiaque ? Le soir, j'essaie de me plonger dans ce volume de Virgile retrouvé au fond d'une penderie. Je ne comprends rien à ces histoires de bergers qui luttent à coups de vers en attendant le retour de l'âge d'or.

La nuit, le vent fait ployer les pins. La plaque qui ferme la cheminée de ma chambre donne des coups. Ces battements sont rassurants. Je rallume la lumière et me replonge dans *Les Bucoliques*. L'Arcadie heureuse, on finit par y croire ; le raisin pousse dans les ronces, mais tout se gâte très vite : le délire et les doutes de l'amour, les souffrances de la passion. L'âge d'or ne semble pas convenir aux humains, le bonheur leur est insupportable. Ils ne sont à l'aise que dans l'obstacle, la contrainte. Les rigueurs de l'âge de fer leur conviennent.

Une nuit, j'entends des bruits de pas dans le grenier. Quelqu'un marche avec précaution, j'ai l'impression qu'il effleure le plancher afin de ne pas attirer l'attention. Trois coups plus cinq coups. « *Numerus deus impare gaudet* » (la divinité aime le nombre impair), affirme justement Virgile dans la huitième églogue. L'ancien propriétaire ne m'avait pourtant pas parlé de fantôme aux Tilleuls. J'ai beau faire le malin, je ne suis pas rassuré. La maison est isolée et une porte du rez-de-chaussée ne ferme pas. J'attends la suite le cœur battant. Les grincements sur le plancher cessent. Je finis par me rendormir.

Deux jours plus tard, le même bruit recommence. Les pas ne sont pas réguliers. Mais ils martèlent nettement le bois du plancher. Puis la déambulation s'arrête. Cette fois je ne parviens pas à trouver le sommeil. Tard dans la matinée, je descends au rez-de-chaussée. J'ai l'impression que Pollux m'observe. Ont-ils décidé de m'éprouver en imaginant une farce nocturne ? À bien y réfléchir, ce n'est pas leur genre. Une facétie impliquerait une complicité ou une familiarité qu'à l'évidence ils ne recherchent pas.

Pendant toute la journée, je me ronge les sangs. Moi qui croyais aux bonnes vibrations de cette maison, je découvre qu'elle détient un maléfice. Il doit y avoir une explication. Pendant la journée, j'examine attentivement le grenier. Il est éclairé par deux œils-de-bœuf. Des châssis de lit et les restes d'un baldaquin en soie rose sont posés sur le sol. À notre arrivée ce baldaquin se trouvait dans notre chambre. Il est en piètre état, mais je ne désespère pas de le restaurer un jour. Le plancher est jonché de crottes d'oiseaux. J'observe qu'il manque une latte. Une portion du grenier, près du toit, se perd dans un entrelacement de poutres et de chevrons que je n'ai jamais exploré.

À l'aide d'une échelle, j'entreprends d'inspecter la partie dissimulée. Je suis tout près de la toiture, apercevant les tuiles à travers les voliges. La charpente craque sous l'effet du vent. Rien de plus menaçant que cette ventilation continue de l'air traversant la paix d'un grenier. Cette circulation insidieuse et régulière au milieu du silence laisse une petite pointe d'anxiété ou tout au moins une appréhension. Enfant, je me réfugiais dans le grenier familial, craignant toujours d'être surpris. Je furetais des journées entières dans les malles ou les valises, en proie à une inquiétude qui ressemblait parfois à de la peur. Je m'expliquais mal la raison de cet abandon. Tous ces objets avaient été rejetés, relégués dans un isolement sans appel. Quelles fautes avaient commises cette Vierge de Lourdes en plâtre, les personnages photographiés dans ce cadre, cette pelisse ? Un jour, j'avais découvert au fond d'une sacoche des lettres échangées par mes parents. J'en avais déduit que les sentiments amoureux contenus dans ces feuillets étaient morts.

Le grenier symbolise probablement pour moi un état incertain, un seuil intermédiaire, angoissant, entre l'oubli et la mort définitive. Les grains, les fruits, les souvenirs à la dérive n'y sont-ils pas conservés au sec ? Sous les combles, rien n'est dans son élément. En même temps tout est à sa place. Le grenier mélange tout. Aucune hiérarchie entre ces objets bons à jeter mais pas encore au rebut. Cette indifférenciation m'a toujours paru inquiétante.

Mes doigts qui tâtonnent dans l'enfourchement de la charpente sentent quelque chose de racorni. On dirait une éponge déshydratée. Je tiens dans la main un oiseau mort couvert de poussière. Il paraît lyophilisé, nullement répugnant, conservé comme s'il avait été momifié. Cette découverte ne m'avance guère. Je dois chercher ailleurs. Une bonne partie de l'après-midi est employée à ausculter les murs, à explorer chaque angle rentrant ou saillant. Il faut se rendre à l'évidence : pas le plus petit indice.

Un millier de personnes défilent à Paris, au cri de « Mort à Rushdie ».

Le soir, je me plonge dans *Les Géorgiques* moins rébarbatives que *Les Bucoliques*. Je retrouve des passages sur lesquels j'ai souffert adolescent. « *Agricola incurvo terram dimovit aratro.* » Le laboureur en paix coule des jours prospères. « Excellent le latin pour ne pas raisonner comme une pantoufle ! C'est plus tard que vous vous en apercevrez », répétait notre professeur. Je n'ai jamais vraiment pris au sérieux l'exercice de la traduction ; elle m'a toujours paru un jeu de hasard. La chance tenait beaucoup à la qualité du lexique. J'avais déniché un vieux dictionnaire latin-français qui, en guise d'exemples, donnait des phrases entières de la plupart des versions à traduire. Hélas, un jour, mon professeur découvrit ma martingale secrète.

Je prête l'oreille, à l'affût du moindre craquement. « Heureux celui qui a pu pénétrer la cause secrète des choses », affirme Virgile dans la deuxième *Géorgique*. J'ai beau me persuader que toutes les demeures anciennes retentissent de bruits inexplicables, je ne suis pas tranquille. À quoi sert-il de retarder par la lecture le moment fatidique — ces « douze coups de minuit » que je redoute et que j'attends ? Je prends le parti d'éteindre la lumière et de patienter. Ce ne sont pas les craquements qui me préoccupent. Le temps finit par disjoindre les membrures des vieilles maisons ; leur carcasse souffre et gémit. Ces bruits prouvent que l'instinct de survie n'a pas disparu. Le corps est fatigué, mais il continue à respirer. Rien de menaçant dans ces manifestations.

Il me semble percevoir des soupirs. Cela peut ressembler à un sifflement, une sorte de ronflement, à la limite de l'aigu, sans le bruit d'expiration. Peut-être le vent... Cette nuit, il forcit et diffuse un grondement continu. La respiration finit par m'endormir.

Trois ou quatre jours passent. J'oublie ces phénomènes étranges. Joëlle qui me rejoint chaque week-end s'étonne : « Dis donc, quel barouf cette nuit. Les volets n'ont pas arrêté de battre. » Je n'ai

rien entendu. « Les volets ! Tu en es certaine ? »
Elle n'est pas sûre. « Heureusement le bruit a fini
par s'arrêter », dit-elle en passant à autre chose. Je
me garde de lui poser des questions pour ne
pas l'inquiéter. Je ne connais que trop bien ce
martèlement.

Le Parlement iranien lance un ultimatum à la
Grande-Bretagne : si dans un délai d'une semaine
Londres ne condamne pas *Les Versets sataniques*,
Téhéran rompra ses relations diplomatiques.

— Ils ne doutent de rien, tes amis persans ;
c'est ce qui fait leur charme, commente malicieu-
sement Joëlle.

— Dieu me garde de tels amis.

# 6

Le week-end, Castor et Pollux absents — la chasse a beau être fermée, je les imagine en veste et casquette de para excitant leurs chiens —, les Tilleuls nous appartiennent. Le chantier répand dans toute la demeure l'odeur acide et vaguement lactique du plâtre à laquelle se mêlent les effluves âpres du scaferlati brun fumé par Pollux. Dans le vestibule, les truelles, l'auge et le bouclier qui sert à niveler les enduits rappellent l'hégémonie de Castor et Pollux. Les murs s'éclairent et commencent à prendre une belle couleur laiteuse. La souillarde naguère encombrée de baguettes électriques, de tubes et d'épissures a acquis une netteté de laboratoire.

Dehors les parterres abandonnés reprennent vie malgré l'invasion des liserons, des ajoncs et surtout des bambous. J'ai passé toute la journée à extraire les deux palmiers morts pour les remplacer par les mêmes sujets : une espèce de Chine introduite à Bordeaux à la fin du XIXᵉ siècle, capable de braver des températures allant jusqu'à quinze degrés au-dessous de zéro. Un couple de merles s'est niché dans un arbre étêté. Le mâle arbore un plumage d'un noir très pur, la femelle est d'un brun foncé mélangé de roux et de gris. Leur façon vive et querelleuse de surgir des buissons, de siffler, de soulever les feuilles mortes avec leur bec et de se disputer une baie semble annoncer la fin des mauvais jours. « Quand merle se réjouit, hiver est parti », assure le proverbe. Les lilas que je croyais morts renaissent. Je ne peux m'empêcher de penser que cet arbuste est originaire d'Iran. Depuis que la maison dans la clairière est inhabitée, le parc — ou plutôt l'airial — s'est développé tout seul. C'est une jungle de chênes, d'érables, d'acacias, de catalpas et de tilleuls enchevêtrés dans un combat sans merci, où le plus vigoureux a tenté d'exterminer le plus faible. Les arbres ne s'aiment pas entre eux.

Le plus hégémonique de tous, en même temps que le plus rusé, est le bambou. Il a colonisé les abords de l'airial et s'approche sournoisement de la maison. Ce n'est pas un arbre d'ailleurs mais une herbe, ambiguïté qui donne la mesure de sa fourberie.

Les bourgeons naissants confèrent à présent une identité à ces chevelures entremêlées. Boutons globuleux des tilleuls, vert pâle du marronnier, granulations rougeâtres des platanes. Moins robustes, les arbres d'ornement et les arbustes ont tenté de survivre à l'ombre des géants. Il y a les dominants et les dominés. « Le dieu féroce et taciturne » dont parle Verlaine, c'est cela aussi la nature : la brutalité des plus forts qui silencieusement font plier ou anéantissent les plus délicats. Ces troncs morts, ces fûts renversés ne soulignent pas seulement la démission de l'homme mais aussi la violence du règne végétal. Dans ce corps-à-corps impitoyable, on devine les raids, les embuscades, les contre-attaques. Quelques buissons de rosiers sauvages n'ont pas pris part à la bataille. Les lauriers-palmes se tiennent aussi à l'écart, ils prospèrent à l'ombre des deux platanes.

De l'ouest, par rafales, de gros grains se transforment en grêlons. Je ne me lasse pas de ces cumulus qui se congestionnent, de ces flèches glacées que le ciel décoche avec acharnement sur une nature qui tente de se renouveler. Parfois l'horizon est si noir que l'on croit la nuit tombée, le vent se lève en ouragan. Alors je me précipite dehors. Les premières gouttes éclatent et ricochent sur les troncs. Leur impact pince le visage. Cette piqûre qui vrille sur la peau me fait claquer des dents. « Rentre, supplie Joëlle. Ce n'est pas parce que tu as été longtemps privé de pluie que tu dois prendre le mal. » Elle ajoute pensivement : « Les grands espaces, la pluie… Nous aurions pu

tout aussi bien choisir une maison en Bretagne. »
C'est un sujet non de friction mais de taquinerie
entre nous — trop répété, il est vrai, pour ne pas
receler un fond de vérité.

— Les grands espaces en Bretagne ! Avec
toutes ces haies et ces talus !

— Je ne parle pas de la campagne bretonne
mais de la mer. L'immensité de l'océan, c'est
autre chose que tes Landes.

Mes Landes ! Je n'aime pas ce possessif qui
m'approprie exclusivement cette maison. Certes,
je l'ai investie le premier. Je commence à en tester
aussi les zones d'ombre. Dans ce domaine, Joëlle
est encore novice.

L'affaire Rushdie est désormais à la « une » des
journaux. Le président de la conférence des
évêques de France, Mgr Decourtray, primat des
Gaules, déclare qu'« une fois encore des croyants
sont offensés dans leur foi. Hier les chrétiens,
dans un film défigurant le visage du Christ. [Il
s'agit du film de Martin Scorsese, *La Dernière
Tentation du Christ*.] Aujourd'hui les musulmans
dans un livre sur le Prophète, *Les Versets sataniques*. À côté de ces réactions fanatiques qui
sont, elles aussi, des offenses à Dieu, j'exprime
ma solidarité à tous ceux qui vivent, dans la
dignité et la prière, cette blessure ».

Chaque lundi, les Tilleuls changent d'aspect. J'ai déposé Joëlle ce matin très tôt à la gare voisine. J'assiste pour une fois à l'arrivée de Castor et Pollux. À l'évidence, ils sont plus sombres et fermés que d'ordinaire. Qu'ont-ils fait ce week-end ? Braconner, je suppose. Je ne sais même pas où ils habitent, s'ils sont mariés. Il n'y a qu'Urbain qui parvient à les faire parler ou tout au moins à obtenir d'eux un marmonnement. Leur laconisme lui plaît beaucoup. « Oui, non, très bien, je ne sais pas. Au moins, c'est précis. On ne perd pas son temps en bavardage. »

Pour dire au revoir, ils portent la main à leur bonnet. Entre eux, ils ne parlent que par onomatopées. Il y a d'infinies nuances, comme en morse. Un signal long ou bref permet de rendre sensible la force ou la banalité du propos.

Mes deux zèbres ne sauraient être qualifiés de rustres. D'abord, comme le souligne Urbain, ils sont très habiles, ensuite ils ont dans leur façon de se tenir, de porter leur habit de maçon, une vraie simplicité qui ne manque pas d'élégance. Ce bonnet par exemple qui leur couvre la tête — le signe distinctif de Castor et Pollux, les Dioscures, fils de Zeus — est très chic. Il est composé de deux bandes qui pendent et le font ressembler à un bonnet phrygien. Ils mangent lentement avec gravité et précision, affichant un air de sobriété et une déférence, comme lorsqu'ils coupent le pain. Ils recueillent la moindre miette et la gobent. À la fin du repas, ils se sentent obligés de lâcher un rot. Il n'y a aucune provocation dans ce geste. C'est un rite, me semble-t-il, pour signifier qu'ils sont bien. Ensuite Pollux ouvre sa blague de Caporal et allume sa pipe en maïs. Je note avec satisfaction qu'il fume du gris comme le commissaire Maigret, mais il n'a rien de commun avec lui. La pipe en maïs le fait plutôt ressembler au général MacArthur.

Le choix des programmes de radio dont j'entends parfois la rumeur m'intrigue. Il faut leur rendre cette justice : ils ne mettent pas le son à tue-tête. Ils travaillent d'ailleurs en faisant le moins de bruit possible — à part ces portes et ces fenêtres qu'ils laissent claquer avec un contentement évident. Ils aiment tout particulièrement Radio-Nostalgie, « Le jeu des mille francs ». Ils paraissent davantage s'intéresser à la marche du monde qu'aux nouvelles de l'Hexagone. J'apprends ainsi que la Grande-Bretagne a rejeté l'ultimatum iranien. Le Conseil des ministres de l'Organisation de la conférence islamique réuni à Riyad condamne *Les Versets sataniques* jugés « blasphématoires », qualifiant Rushdie d'« apostat ».

# 7

Un coucou s'est mis à chanter à la fin de la matinée. Il n'y a rien de plus réjouissant que cet air. Il annonce que le printemps n'est plus une promesse. « Quand chante le coucou, hiver fait la moue », dit le proverbe. C'est la première fois que j'entends aux Tilleuls cette voix si cristalline. Les deux notes qui se font ironiquement écho semblent nous narguer avec gaieté. Pourquoi ce chant moqueur met-il de belle humeur ? À cause sans doute de son inflexion enfantine, de son invite aussi : Viens me chercher ! Devine où je suis perché !

Je sais pourtant qu'il joue des tours pendables aux autres oiseaux. Il a l'habitude de surveiller les allées et venues autour des nids de fauvettes ou de rouges-gorges et d'y abandonner en douce ses œufs pour les faire couver par d'autres espèces. Ces œufs sont mimétiques, imitant ceux des oiseaux qu'il abuse. Dans son ouvrage si précieux,

*Pourquoi les oiseaux chantent*[1], Jacques Delamain n'hésite pas à qualifier le coucou de « lâche et sournois ». Le jeune coucou éclos, ses parents se chargent de pousser les autres œufs hors du nid pour qu'ils se brisent par terre. Les oiseaux détestent le coucou, particulièrement ceux qu'il a dupés. Il lui arrive d'être pris en chasse par des fauvettes en colère, d'être assailli et criblé de coups de bec par d'autres oiseaux bien plus faibles que lui. Le coucou qui n'est pas sans ressembler à l'épervier se laisse faire et attend lâchement que l'agression se termine.

Pipe au bec, Pollux dresse l'oreille et prend son air hautain de vice-roi à la MacArthur. Quand il expire la fumée, il a une allure vraiment grandiose. Sa prestance n'a plus rien à voir avec son style fin et nerveux lorsqu'il jette le plâtre à la truelle. La pipe terminée, il la frappe contre son talon pour la vider. Comme Maigret.

C'est au cours de la nuit suivante que le bruit de pas reprend. Je me suis préparé depuis quelques jours à cet instant. Au lieu d'attendre la fin du phénomène, j'ai décidé de pénétrer dans le grenier avec ma pile électrique. J'ouvre la porte. J'aperçois alors un grand oiseau aux ailes larges et arrondies. Il semble aussi éberlué que moi. D'un

1. Jacques Delamain, Stock, 1964.

seul coup, il s'est rétracté. Il se tient immobile, me fixant d'un regard scandalisé.

J'apprendrai plus tard que c'est un hibou, reconnaissable à ses deux aigrettes sur le front. Cette prise de contact le dissuadera par la suite de visiter le grenier, qui faisait partie de son territoire. Dommage. Peut-être appartenait-il aux divinités protectrices du lieu. Ce que je croyais être un bruit de pas est en fait un claquement provoqué, paraît-il, par le choc des ailes au-dessus du corps, pareil à un coup de fouet.

Le lendemain M. Lapouyade vient me rendre visite. Depuis l'achat des Tilleuls, je l'ai revu deux ou trois fois. Au moment de la vente, je lui avais demandé d'intervenir auprès du propriétaire pour qu'il baisse le prix proposé. Le montant était d'ailleurs tout à fait raisonnable, mais l'usage veut que l'acheteur tente sa chance, cela fait partie du jeu. « Ça m'étonnerait », s'était-il contenté de dire avec une pointe de malice.

Une semaine plus tard, il m'avait téléphoné en m'annonçant qu'à sa grande surprise le propriétaire acceptait ma proposition : « Il n'a même pas discuté. Je ne comprends rien. » Je le sentais un brin déçu. Bien que le meilleur homme du monde (mais en suis-je si sûr ?), il n'aurait pas été mécontent de me voir opposer un refus. Je le sentais bien : le choix des Tilleuls, qui allait à l'encontre de tous ses pronostics, continuait à le chiffonner. Il ne s'y faisait pas. Rien ne s'était déroulé comme prévu. Pour Balloon cette histoire était une bavure, une faute professionnelle. À sa décharge je pouvais passer aussi pour un drôle de numéro, totalement indécis, incapable de formuler une exigence ou même une intention, un désir.

Depuis le consentement du propriétaire, il a totalement changé d'attitude à mon égard, il est descendu de son podium. Il a même abandonné son costume trois-pièces pour une tenue vaguement british, veste en tweed prince-de-galles avec une énorme pochette retombant comme une serviette. Modeste, plus du tout plastronneur, s'efforçant de me complaire — ce qu'il a toujours essayé de faire, je dois le reconnaître —, mais à présent il y a comme un renoncement dans son comportement.

J'ai l'impression qu'il est démoralisé lorsqu'il me voit. Cela devrait l'inciter à m'oublier. Mais non, il est là, voulant à tout prix me rendre service alors qu'il n'y est plus du tout obligé. La dégaine de Castor et Pollux, leur façon de régner dans ce rez-de-chaussée semblent lui déplaire. Il m'attire dans un coin. « Où les avez-vous trouvés ces deux-là ? » Il apprécie l'entreprise Calasso, « honorablement connue dans toute la région », mais ne se rappelle pas avoir vu mes deux lascars.

— Ils ne sont pas du coin, tranche-t-il.

— Comment le savez-vous ? Ce sont des Landais, des chasseurs.

— Tous les Landais ne sont pas chasseurs. Moi-même…

— Eux sont comme des elfes dans la forêt.

— Des elfes ! fait-il interloqué. Vous voulez dire des esprits.

Je me repens aussitôt d'avoir prononcé ce mot. C'est ridicule. Pour Lapouyade, un elfe doit être une sorte de spectre. Je n'allais quand même pas lui dire que je les avais surnommés Castor et Pollux, les Dioscures, fils de Zeus. Ils n'ont d'ailleurs rien de divin. Encore que… Leur habileté quasi surnaturelle, leur ressemblance, leur complicité parfaite, leur indifférence aussi n'appartiennent pas au sens commun.

Je ne parviens pas à élucider la raison de son antipathie à leur égard. Peut-être est-il jaloux de cette familiarité qu'ils ont instaurée avec la maison. Les Tilleuls, c'est lui, Lapouyade. D'accord, il s'est trompé. Mais il l'a inventée pour moi, cette baraque.

« Vous n'êtes pas un peu seul, non ? » dit-il avec prévenance. Je lui réponds que j'apprécie la solitude mais pas l'isolement. « J'aime faire retraite parce que je sais qu'au bout il y a la compagnie et le partage. Je vois du monde : les deux maçons… Ma femme me rejoint le week-end. De toute façon, je dois être là pour surveiller les travaux. »

Sur ce point, il marque un certain scepticisme. Il n'a pas tort. À dire vrai, je ne surveille rien

— Urbain est là, il pourvoit à tout et je suis parfaitement inutile. Comment expliquer à Lapouyade que j'ai besoin d'être là, au Commencement ? Cette prise de possession, je dois la marquer par ma présence. Je crois beaucoup au geste inaugural, à l'acte fondateur. J'ai la faiblesse de penser que la qualité de mes relations avec cette maison va par la suite en dépendre.

— Surveiller les travaux ! Vous avez vu. Ils n'ont même pas attaqué le premier étage. Je vous le dis, vous n'emménagerez pas cet été.

— Mais si, vous verrez. D'ailleurs, je suis déjà installé.

Je lui fais les honneurs du premier étage. J'ai établi la cuisine dans la pièce qui jouxte notre chambre à coucher. L'antique cuisinière à gaz ramenée de Sologne est placée près de la fenêtre. La vaisselle est disposée sur les tablettes d'une vieille bibliothèque. Quant à la table, c'est une porte de la maison appuyée sur des tréteaux. L'endroit est désordonné mais accueillant et confortable. Cela sent la cuistance — il n'y a pas de hotte. Lapouyade peut identifier mon dernier repas : des pâtes au pesto. Longtemps nous désignerons cette chambre sous le nom poétique de Graillon. Dans cette maison, ce sera toujours un casse-tête pour baptiser les autres pièces. La chambre du dessus ? Oui mais elles sont toutes au-dessus. Au-dessus du salon… Mais quel salon ?

Encore aujourd'hui nous n'avons pas trouvé de solution à ce problème diabolique de nomination — seule l'alcôve du fond s'appelle la chambre d'Urbain parce qu'il l'a occupée plusieurs fois lorsque sa bergerie était trop froide.

Dans la pièce mitoyenne de la cuisine, j'ai abrité provisoirement mon vin — on comprendra que cette chambre située à l'étage ne saurait s'appeler aujourd'hui la cave. D'ailleurs il n'y a pas de cave dans les Landes. Impossible d'y creuser un logement souterrain à cause de la nappe phréatique trop proche de la surface du sol. Cette regrettable lacune me contrarie. Où vais-je entreposer mes précieux flacons ? Voilà encore un problème que je n'ai pas résolu.

— Vous vivez un moment rare, vous vous en apercevrez plus tard, déclare Lapouyade. L'important, c'est l'emménagement… Et le déménagement. Le reste n'est que du remplissage.

— Pourquoi parlez-vous de déménagement ? Je n'ai pas l'intention de quitter les Tilleuls. Alors, si j'ai bien compris, les maisons que vous vendez ne font pas l'affaire. Les acheteurs sont vite déçus. À votre place, je ne m'en vanterais pas.

— Les Landes, c'est un peu spécial, se contente-t-il de soupirer.

— Spécial, spécial ! Vous n'avez que ce mot à la bouche, monsieur Lapouyade. Toutes les régions ont un caractère particulier. Ça n'est pas propre à la Haute Lande.

— C'est l'Afrique, ici…

Il ajoute à voix basse :

— Je peux vous le dire à présent : vous avez choisi l'Afrique…

Je le vois venir. L'Afrique, c'est une image récurrente chez les voyageurs du XIXᵉ siècle qui ont traversé les Landes. Cette plaine immense et déserte, peuplée par des « tribus vagabondes » (Arago), était comparée au Sahara. Un Sahara que les milieux financiers et politiques avaient l'intention de mettre en valeur comme l'Algérie. Lapouyade se perçoit-il en colonisé ? Il faut reconnaître que la disposition des maisons dont le soubassement repose à même le sol, comme une case, n'est pas sans rappeler l'Afrique.

Fait bizarre : pendant nos pérégrinations, il n'a jamais manifesté le moindre patriotisme landais sauf peut-être lors de ses tirades sur la culture du maïs. Je me rends compte à présent que j'ai mal jugé Lapouyade. Je l'ai pris pour un vulgaire agent immobilier préoccupé avant tout de fourguer les bicoques qu'on avait bien voulu lui confier. Je l'ai tenu pour un bonimenteur bienveillant et un peu fourbe. Je n'arrive pas encore à percevoir si la roublardise l'emporte chez lui sur l'affabilité, si l'artificialité étrange et rigide qui émane de son personnage est une pose. Lui non plus, semble-t-il. C'est probablement ce qui fait son charme. Et je n'ironise pas sur l'étrange séduction qui se dégage de ce gros paysan olivâtre et pelu, boudiné dans sa tenue Old England. Il y a chez le représentant de l'agence Attila quelque chose d'inquiet, un souci de savoir ou de comprendre, l'obsession de vouloir toujours dissiper l'incertitude, de ne pas se contenter de la surface des choses. Ce besoin ne doit pas lui laisser l'âme en paix. Derrière le vendeur de bergeries et de fermettes se cache une nature tourmentée. Balloon idolâtre son pays natal et se désespère de communiquer à autrui sa ferveur. « Les Landes, c'est spécial » n'est rien d'autre que l'expression de son amour impuissant. Il semble fonctionner sans illusions, accomplir des actes sans espoir. À travers ces bergeries et ces métairies qui ne se souviennent plus de ce qu'elles furent, réduites à une photo et à un prix exposés à la vitrine de l'agence, M. Podium vit à sa façon l'effondrement des valeurs.

Il contemple mélancoliquement ces pièces qu'il m'a présentées naguère une par une. S'il n'en était pas le propriétaire, du moins détenait-il alors une aura, une autorité aujourd'hui disparue : ce pouvoir que confère la surprise et la divulgation. Il était le représentant, l'intermédiaire au vrai sens du terme. Je ne serais pas étonné d'apprendre qu'il a choisi ce métier uniquement pour ce rôle d'intercesseur. Je me souviens de sa satisfaction lorsque je lui avais laissé ouvrir chaque pièce. Il avait fait les présentations puis m'avait laissé entrer. Il avait infiniment apprécié ce respect des formes. Il se voyait comme une sorte de ministre plénipotentiaire envoyé par une puissance privée, inconnue et supérieure. La vérité est qu'il découvrait les Tilleuls en même temps que moi. Je comprends à présent sa déception quand le propriétaire avait accepté de baisser le prix sans discussion : on diminuait la valeur et les mérites de la maison qu'il m'avait proposée.

La dernière chambre fait temporairement office de salon. J'ai disposé un gros fauteuil qui pour être défoncé n'en est pas moins moelleux et confortable.

— En somme, vous pourriez très bien vivre ici à demeure. C'est bien arrangé.

— Non, je fais du camping. Il n'y a pas encore l'eau courante. Je dois me laver en bas avec le tuyau des maçons.

Faire sa toilette devant Castor et Pollux, ça lui en bouche un coin. Mon séjour dans cette maison, en plein chantier, lui est certainement incompréhensible. Mais je sens qu'il va essayer par circonlocutions d'en connaître les raisons. Pas tout de suite. Il est patient, Balloon. Il saura attendre l'occasion, une autre fois, par souci de connaître le sens caché des choses.

La pluie battante qui claque sur les carreaux dirige nos regards vers la fenêtre. Le ciel de giboulées est traversé par de puissants courants qui fouettent le sommet des pins. La masse luisante et ridée des deux énormes platanes ressemble à la peau d'un éléphant. Les deux palmiers que j'ai plantés piquent du nez — leurs jours sont comptés. Le tonnerre gronde dans le lointain. En bas, les portes claquent en chœur. La sécheresse du bruit ébranle l'air et nous sentons le choc retentir sur le plancher.

— L'orage en mars ! Il n'y a plus de saisons, fais-je, un brin catastrophé par le temps.

— Détrompez-vous ! « Quand mars tonnera, bien du vin tu récolteras. » L'amateur de vin que vous êtes ne peut que se réjouir.

Comment sait-il que je suis amateur ? J'ai dû le lui dire lors de nos premières rencontres : je lui avais confié que je cherchais une maison proche du vignoble bordelais — Yquem n'est après tout qu'à une demi-heure des Tilleuls. Il paraît bien renseigné sur mon compte, faisant parfois allusion à mon histoire libanaise. On peut même dire qu'il me tend la perche, sans insister toutefois. Je lui sais gré de ce tact. Dans le pays, on désigne déjà les Tilleuls comme la « maison de l'otage ». Peut-être que le nom lui restera. Ce serait dommage. Comment en expliquera-t-on l'origine dans cent ans ? Quand je pense à tous ces toponymes

de la campagne française aujourd'hui indéchiffrables, je me dis qu'il y aura toujours quelque
« érudit local » pour inventer plus tard une belle et
tragique histoire au sujet de ma maison.

Je lui propose un verre d'entre-deux-mers.
Nous passons au « salon », installé dans une des
chambres. Il s'affaisse dans le gros fauteuil. Il
paraît minuscule, s'agrippant aux accoudoirs trop
hauts pour lui. Je le sens en confiance, heureux. Il
tient à me rassurer au sujet de la météorologie,
matière inépuisable, l'ultime part d'inconnu dans
un monde qui tient désormais l'imprévu en horreur. « En ce moment, c'est une bataille entre la
dépression et l'anticyclone des Açores, explique-
t-il. Nous sommes au milieu de l'affrontement. Je
vous rassure, les Landes, ce n'est pas toujours
cela. » Heureusement, il n'a pas dit que c'était
« spécial ». Qu'entend-il par « ce n'est pas
cela » ? Que ce n'est pas habituel ? Depuis que je
me suis installé, j'ai surtout connu la tempête et
les trombes d'eau avec, il est vrai, quelques
journées très belles mais très fraîches.

— C'est le temps des Rameaux, dit Lapouyade.
— Ah, oui, et alors ?
— C'est toujours polaire à cette époque.

Il se hausse pour observer en douce les lieux,
tenant en équilibre sur une fesse. Les étagères, les
tables basses sont encombrées de soucoupes et
de tasses de café que je n'ai pas eu le temps de

ranger. La percolation très serrée a déposé au fond une tache concentrée qui laisse une odeur âpre de torréfaction dans la pièce. Un CD et un livre sont posés près de la lampe. Tout en parlant, il louche, essayant d'identifier le titre du volume. Mais les lettres indiquant *Les Géorgiques* se sont effacées depuis longtemps. Sur la pochette du CD figure un ange. Lapouyade peut constater qu'il s'agit d'un oratorio de Haydn, *Il Ritorno di Tobia*. Je l'écoute en boucle. C'est le seul disque dans la maison. Je n'ai pas envie d'écouter autre chose. Sur la table que j'ai récupérée dans les dépendances, Lapouyade voit des feuilles de papier.

— Qu'est-ce que vous écrivez de beau en ce moment ?

— Rien de particulier : des articles. Lire, écrire, réfléchir, me promener, je n'ai que cela à faire ici. Ah, j'écoute aussi de la musique, dis-je en montrant le boîtier du CD.

— Que cela à faire ! Mais c'est un programme d'enfer que vous avez, s'exclame-t-il avec enthousiasme.

— D'enfer, vous trouvez ? J'ai l'impression au contraire d'être au paradis. Un paradis frais pour la saison, c'est vrai.

— D'autant que vous oubliez le principal.

— Quoi donc ?

— Surveiller les travaux, dit-il de sa voix triomphante de bon apôtre.

# 8

Pour Pâques, Castor et Pollux ont pris un congé de quelques jours — je ne jurerais pas que c'est pour assister aux offices de la Semaine sainte. Leur absence nous permet de jouir du rez-de-chaussée encore inhabitable. Inhabitable mais métamorphosé. Cela sent le neuf et respire une certaine sérénité ou plus exactement une sorte d'accalmie. On dirait que les Dioscures mènent un combat méthodique contre le passé de cette maison. Elle est en état de siège. Parfois je me dis qu'ils vont tout casser. Moi-même, relégué à l'étage, je suis astreint au régime spécial qu'ils ont instauré. Cette loi a beau être levée pendant leur absence, je ressens ce climat à la fois patient et belliqueux, propre aux cantonnements. La rude odeur du Caporal ajoute à l'atmosphère combattante. Rien n'a changé — ces murs sont les mêmes, le dallage est conservé —, mais tout est différent. J'ai beau savoir que les travaux m'échappent, qu'ils se dirigent tout naturellement vers un objectif final sous la houlette d'Urbain, j'aimerais me représenter l'aspect de cette maison une fois Castor et Pollux partis.

Quelle est la vocation de la maison dans la clairière ? Trop tard sans doute pour se poser la question. Villa, ermitage, chaumière pour deux cœurs. On connaît bien ces demeures où Narcisse se contemple devant ses murs, se met en scène, obsédé par le reflet qu'il souhaite présenter à l'invité ou au visiteur. Les lampes signées, les meubles à tirage limité obéissent à des pulsions artistiques nées d'images traînant dans les magazines et veulent signifier le personnage qu'on voudrait être.

Bien sûr, comme tout le monde, j'ai visité la maison de mes rêves, la demeure inaccessible que je ne pourrai jamais habiter. C'est, excusez du peu, la villa Valmarana à Vicence, appelée aussi les Nains. Cette résidence campagnarde destinée aux joies de la villégiature, aux plaisirs de la lecture et de la contemplation, rassemble mon idéal dans ce domaine. Sa beauté tient surtout à sa modestie — toute relative, il est vrai, si l'on songe que Tiepolo a décoré cette demeure. Construite au XVIIe siècle, la villa Valmarana n'est pas un palais mais une maison de campagne. Elle est fonctionnelle, à dimension humaine. L'architecture évite la profusion de motifs décoratifs. L'ensemble

s'ouvre cordialement sur la campagne environ-
nante sans jamais la dominer. D'après ce que j'ai
compris, la villa Valmarana est toujours habitée.
C'est sans doute ce qui lui confère un charme inimitable. J'ai une prédilection pour les lieux où les
propriétaires par nécessité ou par orgueil ouvrent
leurs portes pour recevoir les visiteurs tout en
continuant à y résider. On y aperçoit parfois des
photos de famille sur une console, une télévision
camouflée dans un meuble d'époque, des bouteilles d'apéritif rangées dans la bibliothèque.
Est-on censé voir ces accessoires ? Je crois que les
occupants veulent signaler qu'ils sont présents,
que leur maison n'est pas tout à fait un musée. On
peut même dormir à la villa Valmarana, mais c'est
dans la *foresteria* (l'hôtellerie) destinée à loger à
l'origine les invités.

Les fresques des Tiepolo père et fils qui ornent la
demeure ne sont pas étrangères à mes sentiments
pour Valmarana. Giambattista Tiepolo, le père, est
l'une de mes grandes passions. Je ne connais pas
peinture plus euphorique et plus voluptueuse que la
sienne. Elle semble appartenir à un âge d'or,
exempt de culpabilité, libre comme l'air même si le
caractère acrobatique de ses plafonds où les anges
voltigent dans le firmament peut parfois donner le
tournis. Lui qui d'ordinaire se moque des lois de la
pesanteur et ne cesse de se porter au-dehors, dans

l'espace lumineux, est à Valmarana moins exubérant, presque mélancolique.

Un des plus beaux corps de femme de la peinture vénitienne du XVIII<sup>e</sup> orne les murs de cette villa. Angélique, l'héroïne du *Roland furieux*, s'y exhibe dans une posture affriolante. Enchaînée sur un rocher, lascivement cambrée, elle aperçoit Roger monté sur l'hippogriffe qui surgit dans les airs pour la délivrer. Certes la cuisse d'Angélique est lourde et manque de délié mais le galbe du mollet et la cheville qu'enserre délicatement la sandale sont d'une grâce incomparable.

Renaud et Armide surpris par Charles et Hubald, épisode de *La Jérusalem délivrée*, est d'une sensualité tout aussi troublante. On y voit les deux amants tendrement assis l'un à côté de l'autre. Le visage de Renaud est tendu vers la belle magicienne. Son épaule frôle son sein gauche. Tiepolo nous montre la jambe droite des deux héros. Celle d'Armide est lestement écartée. Mais où est sa jambe gauche ? L'enchevêtrement suggéré est d'une impudeur et d'un raffinement peu communs.

J'envie les occupants de la villa. Et pourtant, lors de mon dernier passage, la vieille demeure montrait des signes inquiétants de fatigue, une apparence fanée, presque râpée, indiquant un entretien à l'économie. Ce trait de modestie m'a rendu l'endroit plus émouvant encore. La splendeur et le dépouillement, l'harmonie et la frugalité, telle est la leçon que veut nous transmettre la villa Valmarana. Elle enseigne que le vrai luxe est invisible, qu'il ne s'achète pas, qu'il ne s'extériorise plus par les objets somptuaires mais par la discrétion, le détachement, la pensée sobre.

## 9

Pendant les vacances de Pâques, mes deux fils ont pris possession du rez-de-chaussée qui sent le lait de chaux. Je surprends l'un d'eux avec la truelle de Castor, l'autre avec le bouloir de Pollux.

— Que faites-vous, malheureux !

— On fait de la maçonnerie, répond le cadet.

Ils insistent pour que je mette en marche la bétonnière. J'ai beau leur expliquer que je dispose pour cela de deux ouvriers, ils prétendent « mettre la main à la pâte » — c'est leur expression. Ils sont à un âge — quinze et quatorze ans — où la campagne les enthousiasme peu. « C'est l'enfer vert ici », a même décrété le cadet. Aussi bien ils regretteront toujours notre maison de Sologne, demeure enchantée, qui appartient à leur enfance.

— Vous avez tout l'espace pour vous ébattre dehors.

— S'ébattre ! Nous ne sommes pas des animaux de basse-cour, persifle l'aîné.

Le soir nous nous retrouvons tous les quatre dans le Graillon. Je guette le gargouillement de la cafetière italienne qui se transforme en un chuintement pour finir par un sifflement. « Tu bois trop de café », dit Joëlle. Je raconte l'histoire du hibou. Les deux garçons pénètrent aussitôt dans le grenier et décident d'attendre sa venue pendant la nuit. « Il ne viendra plus. C'est moi qui désormais occupe le territoire. »

Cette maison, ils la flairent, ils la cherchent. Dans *Mon ami Maigret*, Simenon dit de son héros : « Il essayait la maison, comme on essaye un vêtement neuf. » Le vêtement leur plaira-t-il ? « Pourquoi as-tu choisi les Landes ? » La question est posée au moins une ou deux fois par jour. Elle ne semble pas contenir de reproche bien que l'un d'eux finisse par déclarer :

— Ce n'est pas très accidenté.

— Accidenté ! Tu veux dire que ce pays est trop plat, sans caractère ? La maison de Sologne n'était pas non plus située dans un paysage vallonné.

Pas eux ! Ma progéniture ne va pas à son tour me resservir l'argument de la platitude des Landes.

— C'est bizarre, je n'ai jamais eu le sentiment de faire un choix. Lorsque j'ai vu cette maison, j'ai eu l'impression qu'elle m'attendait.

— Trop facile. Une force qui t'a imposé ce choix ! raille l'aîné.

Comment leur expliquer que, quatre mois après mon coup de foudre, je me sens parfois dépassé par mon emballement ? Un sentiment de manque ou de frustration me traverse de temps à autre. Qu'est-ce donc qui a fait défaut ? La possibilité de choisir ? Elle a été élue, reconnue. Alors pourquoi cette insatisfaction ? Suis-je victime de ce mal-être moderne : la mélancolie de l'accomplissement ? Une fois parvenu au but, le sujet se sent morose, désappointé. « Tout ce qui est atteint est détruit », affirme Montherlant. Ai-je aboli mon rêve en le réalisant ? Un tel comportement serait puéril.

Il n'en reste pas moins que cette histoire s'est enclenchée à toute vitesse : l'achat, les travaux, Castor et Pollux, ce campement. Et ce printemps si chaotique. J'ai imposé aux miens un choix finalement plus subi qu'arrêté. Comment en suis-je arrivé là ?

Les Landes, la campagne normande ou les îles Fortunées : dans mon état, il fallait bien se poser quelque part. Ce n'est pas maintenant que je vais leur faire part de mes doutes. Trop tard. Le combat est engagé, à présent il faut vaincre. L'achat d'une maison est en effet un investissement, je veux dire un vrai siège. Il ne faut pas la prendre d'assaut mais l'entourer, la subjuguer.

Tout un travail poliorcétique. Un jour, elle finira par être cernée. Elle se rendra. Serai-je enfin le maître de la place ? À quels signes saurai-je que j'ai remporté la victoire ?

Les ministres des Affaires étrangères de la CEE donnent leur feu vert pour le retour à Téhéran de leurs ambassadeurs. Ils avaient été rappelés un mois plus tôt dans leur capitale.

Heureusement, depuis l'arrivée de ma famille, la météorologie paraît plus clémente. Le temps est clair et frais. L'air cru communique une netteté qui fait ressortir la majesté des chênes et la minceur délicate des pins. Hélas les feuilles des deux palmiers que j'ai plantés s'amollissent et flétrissent de jour en jour.

Des moments d'ivresse estivale émoustillent les Tilleuls et leurs occupants. Le soleil s'esquive à la faveur de coups de vent et s'installe à nouveau. Un vrai temps de Pâques, lumineux, vif et venteux. Un temps de convalescent. Je me relève d'une longue maladie. Je savoure cet entre-deux, à mi-distance de l'épreuve qui n'existe plus et d'une guérison qui s'annonce quoiqu'elle tarde un peu à venir. Encore dolent, mais ragaillardi par la force inépuisable du vent, source de vie. Le grand souffle, qui agita la soupe terrestre primitive pour que naisse le monde, bruit à présent comme une source. Je l'entends couler suavement sur la cime des pins, puis mugir comme un damné. L'entrain du soleil de printemps dont la vitalité se réfléchit dans les nuages a un pouvoir revigorant.

« Connais donc la nature et règle-toi sur elle », conseille Virgile. Je n'ai pas abandonné la lecture des *Géorgiques* que je lis chaque soir avec application. Pourquoi Virgile écrit-il de telles évidences ? Observer la nature et s'y conformer a toujours été la conduite de l'homme depuis qu'il a été chassé du jardin d'Éden. Et pourtant ces truismes détiennent une densité et une beauté surprenantes. D'ailleurs nombre de ces vers ont pris valeur de proverbes. « *Omnia vincit amor* » (L'amour triomphe de tout) ; « *Fugit irreparabile tempus* » (Le temps fuit et sans retour) ; « *Non omnia possumus omnes* » (À chacun ses talents) ; « *Trahit sua quemque voluptas* » (Tous les goûts sont dans la nature). À la longue, ces expressions sont devenues des lieux communs.

Dans ces vers, il n'est question que de « riches vallons », de « pur froment », de « noirs orages », de « sombres buis ». Ces images peuvent paraître factices, elles parviennent néanmoins à faire jaillir un élément de fraîcheur inimitable comme si la substance de chaque mot surabondait. Cette redoutable simplicité aux accents parfois prophétiques possède dans son innocence un faste biblique. Comme ces vers étranges tirés de la quatrième *Bucolique* :

*Voici finir le temps prédit par la Sibylle.*
*Un âge tout nouveau, un grand âge va naître.*
*La Vierge nous revient, et les lois de Saturne*
*Et le ciel nous envoie une race nouvelle.*

Virgile parle de la venue d'un enfant, « souverain d'un monde apaisé par son père ». J'imagine l'entreprise de récupération menée par les chrétiens des premiers temps : un poète païen évoquant l'attente messianique et l'avènement du Christ. Enfin, la jonction est faite.

Ce matin, je décide d'explorer les communs. Je les ai un peu négligés, trop absorbé par la maison. Lapouyade n'a cessé de me répéter : « Dépendances ont plus de bienfaisance que résidence. » Je ne sais pas où il a pêché ce dicton qui semble signifier que les bâtiments annexes déterminent la qualité du logis.

Ces dépendances constitutives de l'airial servaient autrefois de bergerie, de four à pain, de resserre, de dépense. Elles encadrent symétriquement la maison d'habitation sans y être accolées. Ce sont aujourd'hui des constructions à l'abandon. Les toits couverts de tuile romaine sont en triste état. Certaines parties à nu découvrent la charpente et le lattis. Les murs en torchis, composé d'un mélange d'argile, de paille séchée et tressée, sont maintenus par des planchettes entre des pans de bois.

Campée au sud, l'autre construction, ornée d'une génoise, est en meilleur état. Elle abrite notamment une remise qui a jadis fait office d'écurie puis de garage. Il est probable que ce bâtiment a servi autrefois d'habitation à des métayers.

Un coin m'intrigue. Personne — pas même l'industrieux Lapouyade — n'a réussi jusqu'à présent à l'ouvrir. Je tente de forcer la porte avec un pied-de-biche, mais elle est trop lourde et impossible à soulever. À force de fouiller, je finis par retrouver un jeu de clés rouillées ingénieusement accrochées dans la partie invisible d'une solive. Après plusieurs essais, je sens que le mécanisme de la serrure remue, le pêne bouge. Je pousse la porte et découvre un débarras rempli de vieux coffres et de haillons suspendus à des clous. Une cage d'oiseau en osier est attachée au mur. Cela sent la fourrure moisie et le vieux cuir avec ce fond puissamment desséché, âcre et poussiéreux qui peut faire songer au poivre noir. Le fatras ne recèle aucun trésor. Ce sont des objets ordinaires. Leur seul mérite est d'être anciens : dames-jeannes, bonbonnes, bouteilles soufflées. Dans ce bric-à-brac, je découvre un flacon de parfum, *Habanita* de Molinard. Il est vide mais subsiste encore une odeur de vanille et de jasmin.

Autre trouvaille : un panier en osier destiné naguère à ranger les bouteilles de champagne. Serait-ce un vestige de l'époque où la maison était un bobinard ?

Le bâtiment possède un immense grenier. Mes enfants ont décidé d'annexer les lieux pour l'été prochain.

## 10

Je profite du temps printanier pour faire un tour de l'airial. Ce que Lapouyade a pu m'en parler de cet airial qui constitue l'une des originalités du paysage landais ! Rustique en même temps que très sophistiquée, cette surface qui entoure la maison obéit à un algorithme très strict. À l'origine, c'est une clairière. L'espace ne doit jamais être clôturé. Les limites ne sont visibles que par un changement progressif de la végétation. Tapissé d'un solide gazon, l'airial est planté de nombreuses essences, à l'exception du pin nourricier. L'étendue a beau être agrémentée d'une pelouse et plantée de grands arbres, elle ne saurait être qualifiée ni de parc qui s'attache à une certaine majesté, ni de jardin qui est généralement clos. L'airial joue pourtant sur l'ambiguïté des deux dénominations. C'est l'une des dernières survivances d'une civilisation rurale autrefois très réglée. « Vous avez un très bel airial. Il faut le soigner », m'avait prévenu

Lapouyade lors de la première visite. Airial ! Le mot m'était inconnu. Je ne l'avais même pas relevé, seule la maison m'intéressait.

L'airial a de beaux restes, c'est entendu, mais il a été longtemps laissé à l'abandon. Arbres déracinés, troncs brisés, charpentes effondrées composent un monde de ruines avec ses piliers, ses colonnes, ses voûtes rompues et ses galeries obscures. Je m'aperçois que j'ai omis de signaler une curiosité des Tilleuls : le poulailler perché sur lequel on ne manque pas de s'extasier. Comme son nom l'indique, c'est une construction en hauteur où la basse-cour avait pour habitude de se réfugier la nuit afin de se protéger des renards et autres prédateurs. Couvert d'un petit toit en tuile ronde et muni de volets à claire-voie, l'abri est de belles proportions, mais les piliers sont pourris.

Le sol de l'airial présente une herbe rare mangée par la mousse et masquée par les rejets d'acacias qui ont drageonné partout. Les feuilles des deux palmiers semblent à présent moins flétries. Des grives musiciennes jaillissent des buissons en laissant dans leur sillage un chant flûté et enjoué. Avec les merles qui donnent l'impression d'être toujours hilares, ce sont les boute-en-train des Tilleuls. On dirait qu'elles se sont donné le mot pour répandre l'allégresse et réveiller le domaine si longtemps assoupi. Même quand elles sont surprises, elles paraissent prendre la chose du bon côté et s'enfuient en s'épouffant.

Je perçois dans l'air une douceur. Elle serait presque jubilante s'il ne subsistait les dernières traces d'une dureté encore hivernale. Sans doute l'empreinte de la saison passée est-elle nécessaire à cette exultation. Le ronronnement lointain d'un avion, le chant d'un coq ajoutent à cette joie de l'instant. Dans ce bonheur circule une étrange fluidité sous l'effet des forces de la nature. Elle ressemble au phénomène de percolation. Je sens une pression qui monte lentement de la terre pour atteindre l'être profond, lui donner de la saveur puis disparaître. Je m'émerveille que des bruits ordinaires puissent souligner des émotions aussi rares. Rien de plus banal pourtant que le bourdonnement d'un avion qui évoque tout aussi bien les nuisances du monde moderne. Et pourtant ce murmure qui traverse le silence de la campagne apparaît rassurant, bienveillant. Sans doute parce qu'il est ironique. Une sorte de vérité lointaine. Elle ne constitue pas une menace, c'est un pied de nez, une allusion éloignée accentuant la paix de la nature. Le sillage laissé par l'avion, ce trait dans l'atmosphère qui s'épaissit pour finalement se barbouiller avec les nuages, finit par gâcher la grâce de l'instant. Ce bombage sur l'azur, ce graffiti jeté sur la voûte céleste ramène à la réalité des choses.

« J'aimerais que tout cela ne soit qu'une plaisanterie. Mais ce n'est pas le cas », déclare Salman Rushdie à un journaliste.

En ce samedi soir, veille de Pâques, j'ai cuisiné le traditionnel agneau de lait. La maison ne sent plus l'arôme un peu durci de moka, elle embaume à présent le thym et le romarin. J'ai cueilli ces herbes aromatiques derrière le puits, à l'ombre d'un buis centenaire dont j'ignorais l'existence quand j'ai acheté la maison. C'est un vrai *buxus sempervirens* aux feuilles vert foncé brillant, un arbuste qui a la particularité de croître très lentement. Il a plus d'un mètre de hauteur et dégage cette odeur caractéristique qui évoque pour moi les jardins de curé.

Ma première fête de Pâques. Pour moi la plus belle commémoration de l'année. Noël est bien mièvre à côté de ce formidable événement, la mort et la résurrection.

J'ai invité Urbain pour l'occasion — l'homme le plus irréligieux que je connaisse. Il a jeté auparavant un coup d'œil au rez-de-chaussée en mâchonnant son traditionnel « excellent ».

— Alors, comment se passe la cohabitation avec les deux maçons ?

— Bien, bien. Je les trouve, comment dire, déconcertants.

— Qu'entends-tu par là ?

— Lapouyade prétend qu'ils ne sont pas du coin.

— Il a raison. Ce sont des Portugais. Nés ici.

— Je comprends maintenant pourquoi ils sont si silencieux.

— Ils parlent français comme toi et moi. Mais ils le parlent à l'économie. Ce sont de vrais taiseux.

— À ce point-là, ça dépasse l'entendement. On dirait qu'ils sont privés de l'usage de la parole.

— Que veux-tu, dans un monde où tout nous oblige à parler alors qu'on n'a pas grand-chose à dire, il est préférable de se taire.

— En effet, c'est imparable. J'ai l'impression qu'ils communiquent mieux avec les animaux, les éléments. Le rez-de-chaussée est ouvert à tout vent. Ils adorent les courants d'air.

— Mais c'est pour que le ciment et le plâtre sèchent plus vite.

Sur Castor et Pollux, Urbain est d'une écœurante mauvaise foi. Tout ce qu'ils font est « excellent ». Je pense plutôt que cette furieuse ventilation qu'ils aiment susciter n'a d'autre but que de leur donner l'illusion du grand air. Au sujet de Lapouyade, c'est différent. À chaque fois que je rapporte un de ses propos, Urbain le conteste comme s'il était en compétition avec Balloon. Finalement, ils se complètent bien. Sur l'architecture et l'ethnologie landaises, Urbain est imbattable, mais Lapouyade possède une connaissance intime de son pays qu'Urbain, plus frotté de modernité, bon dialecticien de colloques et as de la conceptualisation, a probablement fini par perdre.

Nous dînons dans le Graillon où l'on capte de temps à autre les émanations d'huile de lin et de laque, venues du rez-de-chaussée. La cuisinière répand une chaleur d'enfer qui donne le feu aux joues.

— Tu t'occupes trop de la maison, décrète soudain Urbain. Tout lieu bâti est un centre au milieu d'une périphérie. Tu dois connaître et conquérir le monde autour de ce centre et non te replier dans la maison-refuge.

— Tu sais très bien que j'ai acheté les Tilleuls autant pour la maison que pour ses arbres.

— Oui, mais cette baraque ne doit pas être un terrier. Pense à la façon dont tu vas l'habiter. Ce lieu, tu dois le faire chanter.

— Le faire chanter ? Tu veux dire lui extorquer quelque chose sous la menace ?

J'ai dit cela en plaisantant pour répliquer à sa façon de me faire la morale. Mais il en faut plus pour démonter Urbain qui adore jouer avec les mots, s'en saisir pour les retourner.

— Eh bien oui ! c'est tout à fait cela : exercer un chantage. Excellent ! Tu es le maître chanteur des Tilleuls. Tu dois faire violence à ce lieu pour qu'il rende ses secrets, dit Urbain en humant son verre de Tour-Haut-Caussan 1982, millésime souple et charmeur qui s'accorde admirablement à l'agneau de lait.

— Je crois savoir, ajoute-t-il en faisant claquer son palais de contentement, que cette baraque cache bien son jeu. Il ne faut jamais se fier aux apparences. La première fois que je l'ai vue, j'ai été frappé par son aspect convenable, réservé, de bon goût. Son côté comme il faut de maison de maître. Un peu trop modeste cependant pour être tout à fait honnête.

— Là, Urbain, tu exagères. Tu pourrais dire aussi qu'elle était timide cette maison, qu'elle a perdu contenance en te voyant ou qu'elle était dans ses petits souliers à la vue du grand architecte que tu es.

— Tu ne crois pas si bien dire, jubile Urbain en tirant sur la pointe gauche de sa moustache. Il y a une dissimulation dans la façade.

— Ah bon !

— La façade, tu n'as rien remarqué ?

— J'ai remarqué surtout qu'elle était bien proportionnée. C'est l'équilibre de ses lignes qui m'a plu d'emblée.

— Nous y voilà ! Façade harmonieuse, symétrie des ouvertures (il parle lentement pour ménager le suspense). Sauf que tu n'as jamais observé que l'une de ces ouvertures était condamnée. Une fenêtre condamnée, même dans une maison vaste, cela n'aurait pas dû t'échapper.

— Je ne comprends pas ! J'ai ouvert toutes les fenêtres de cette maison à un moment donné. Aucune n'a véritablement résisté.

— Tu m'étonnes. Pour qu'elle résiste, il eût fallu qu'elle existât.

Ce ton et ce subjonctif m'horripilent. Où veut-il en venir ?

— Une fenêtre du premier étage est truquée.

— Truquée ?

— Oui, falsifiée, maquillée. C'est très simple à constater.

— Si tu le veux bien, constatons ensemble ce phénomène. Tu vas m'expliquer. Descendons.

Il est plus de 22 heures. La nuit est fraîche. Urbain déguste son verre de médoc avec délectation et n'a pas envie de quitter la tiède béatitude du Graillon. Je suis armé d'une torche. Urbain voit bien que je ne lui laisserai pas la paix avant que ne soit vérifiée la perfidie de la façade. Dans la nuit, je braque le pinceau de lumière sur les fenêtres du premier étage.

— Là, tu vois ! La fenêtre du milieu.

— Quoi ? Elle a l'air normal. Les volets sont fermés. Je remonte les ouvrir tout de suite.

— Ne te donne pas cette peine ! Cette fenêtre, tu ne la trouveras pas pour la simple raison qu'elle n'existe pas comme je ne cesse de te le répéter.

Urbain a raison. C'est une fenêtre en trompe l'œil. Elle est peinte en bleu comme les volets avec une bande verticale au milieu imitant parfaitement le bourrelet de protection en bois. L'invisibilité de l'évidence. Au fond, cette maison m'a séduit par ce détail qui n'était qu'un artifice. Sa symétrie, sa beauté résidaient dans une astuce architecturale.

— Remets-toi, dit Urbain. L'harmonie, la perfection reposent le plus souvent sur le factice. L'architecture n'est qu'un art de la ruse. Il n'y a que des candides comme toi pour croire que les choses sont telles qu'elles apparaissent.

Urbain considère la naïveté comme un défaut et une faiblesse. Envisager le monde avec candeur est une grâce qui n'est pas donnée à tout le monde. J'aimerais la posséder. Extirper en moi le « vieil homme » dont parle saint Paul.

Mon choix relève d'une forme d'ingénuité. C'est vrai : je me suis conformé à la surface des choses, à leur apparence. Si j'avais cherché ce qui se cache derrière la façade, je serais encore sur les routes avec Balloon.

La chose cachée, c'est justement ce qui pique la curiosité de mes deux fils. Ils sont persuadés que l'aspect des choses est un enduit ou une enveloppe qui ne peut que dissimuler la réalité. La fausse fenêtre procède exactement de cette croyance. *Wo ist Witz ?* (Où est l'astuce ?) comme disent les

mathématiciens. Qu'est-ce qu'on nous cache ?
L'un monte aussitôt au premier étage afin de vérifier pendant que l'autre qui s'est saisi de ma pile
surveille au rez-de-chaussée. Urbain leur souhaite
bonne chance en souriant et nous remontons à
nouveau, bien au chaud, pour terminer la bouteille
de Tour-Haut-Caussan, un de mes crus bourgeois
favoris.

Nous avons adopté cette maison en nous fiant à
sa bonne mine, à sa physionomie avenante, sans
réfléchir au fait qu'elle avait été longtemps solitaire, délaissée. Elle a dû dissimuler ses ano-
malies pour trouver quelqu'un qui l'admette et la
fasse revivre. Il est classique de comparer l'appropriation d'une maison à une relation amoureuse.
Après le coup de foudre et la passion des débuts
vient le temps des doutes et des questions.

Virgile apparemment n'a pas ces soucis. Tout y
est réglé. C'est un monde au naturel, immédiatement lisible. L'oiseau chante au printemps, les
épis jaunissent en été. Ce n'est pas chez lui qu'on
découvrirait un propos du genre « Il n'y a plus de
saisons ». Il se rend compte néanmoins que le
temps est capricieux. Il s'essaie à ce sport péril-
leux qu'est la prévision météorologique en observant les phases de la lune.

Adolescent, ce Virgile me faisait souffrir avec
ses vers difficiles à traduire. Je m'évertuais à le
traduire. Comment expliquer l'emprise d'une telle

simplicité sur le monde ? Il arrive même à nous rendre aimables les corbeaux : « Ils annoncent les beaux jours par trois cris d'allégresse, et d'un gosier moins rauque expriment leur gaieté. » Je trouve que les corbeaux émettent le même croassement disgracieux aussi bien au printemps qu'en automne ou en hiver. Il faut être Virgile pour noter qu'« une douceur secrète attendrit leur ramage ». Ce parti pris optimiste est admirable. Les choses les plus ingrates ou les plus convenues jaillissent chez lui neuves et inaltérées.

Une page me suffit chaque soir. Il ne faut pas exagérer. Cet exercice est devenu un jeu : lire un ouvrage ayant appartenu à la vie antérieure de cette maison. Cette gratuité me plaît. De temps à autre, j'aime m'imposer la lecture de bouquins que le hasard a mis sur ma route. Pendant ma captivité, j'ai manqué cruellement de livres. Nos geôliers nous en apportaient de manière très irrégulière. Où les avaient-ils dénichés ? C'étaient les titres les plus imprévus. J'ai fait mes délices de la collection Harlequin. Quand on n'a plus rien, s'appuyer sur une histoire — même pas une histoire, des lignes suffisent, des phrases pourvu qu'elles soient à peu près cohérentes —, c'est se constituer un bouclier contre le monde hostile. La lecture plus que la littérature m'a sauvé. Les mots me suffisaient, ils instauraient une présence. Ils étaient mes complices. Du dehors, ils venaient à mon secours. Ils sortaient de la cellule à leur guise. Enfin je pouvais compter sur un soutien de l'extérieur. Le sens était secondaire.

La lecture de Virgile est une manière de manifester ma gratitude à l'égard de ces visiteurs. Pendant l'épreuve, ils n'ont ménagé ni leur temps ni leur peine. Ils sont parvenus à m'extraire de mon cachot, à me donner la clé des champs.

**11**

Matin de Pâques. Mes enfants n'ont plus l'âge de courir dans les buissons pour dénicher des œufs en chocolat.

— Vous vous êtes bien moqués de nous ! accusent-ils aujourd'hui.

— Vous ne vous rendez pas compte ! Vous étiez dans le jardin d'Éden, vous vous en êtes chassés.

La discussion s'engage sur l'histoire de la pomme. On omet souvent de préciser que Dieu a présenté à Adam et Ève deux arbres : l'arbre de la connaissance du bien et du mal et l'arbre de vie. L'interdiction de cueillir des fruits portait seulement sur le premier.

— Elle n'est pas marrante ton histoire. Tout était joué, tranche l'aîné.

— Pourquoi ça ?

— À partir du moment où il était interdit de prendre les fruits de l'arbre de la connaissance du bien et du mal, c'est sûr qu'Adam et Ève allaient y toucher.

— Alors c'est comme cela que vous réagissez à une interdiction : par la transgression. Ce que vous ne savez pas c'est qu'Adam et Ève étaient des êtres purs et sans malice. Ils seraient certainement allés chercher des œufs en chocolat sous les arbres, eux. D'ailleurs le lait et le miel coulaient en abondance dans ce jardin.

Le moins qu'on puisse dire est que je ne les ai guère convaincus.

Et si Adam et Ève, au lieu de s'en prendre à l'arbre de la connaissance du bien et du mal, avaient choisi l'arbre de vie ? Celui-ci n'était pas défendu. Peut-être ses fruits leur auraient-ils acquis l'immortalité. Et sans doute l'ennui. Dans les *Proverbes*, il est écrit que cet arbre symbolise « le désir comblé ». Une fois chassés du Paradis, Adam et Ève se voient pourtant signifier l'interdiction de toucher à l'arbre de vie gardé par des chérubins à l'épée flamboyante. Par leur désobéissance ils ont perdu la vie éternelle. Nous l'avons échappé belle. Quoi de plus lassant qu'une vie éternelle ? C'est le reverdissement et l'espoir d'une vie nouvelle qui font le prix de notre existence.

Je ne demande pas à mes enfants de croire au Père Noël mais d'observer cette entrée dans un monde nouveau. Il faut beaucoup de temps pour comprendre que la mort et la résurrection sont inséparables, c'est l'apport essentiel du christianisme. Le rythme des saisons rend méfiants les enfants des villes. Ce printemps lunatique qui revient si souvent en arrière leur paraît suspect. L'univers parfaitement ordonné de Virgile, le cycle végétal avec ses printemps revivifiants et ses hivers réfrigérants leur iraient à merveille.

Ce matin de Pâques est éminemment virgilien. Il correspond exactement à ce que l'on attend d'un matin de Pâques. Le soleil étincelle, il fait pétiller l'air encore frais et humide. Je hume cette fameuse « douceur secrète » dont parle Virgile dans la première *Géorgique* : elle n'a rien de moelleux, c'est une forme de non-violence qu'instaure la nature au printemps. Le vivant affleure, la montée en puissance se fait sans brutalité. Déjà je flaire dans l'atmosphère des effluves tièdes. Les bouffées vaguement sucrées proviennent sans doute des arbres qui bourgeonnent mais surtout d'un principe général, une force encore mal assurée que transporte l'air. Elle fermente, elle s'échauffe. Elle vibre par ondes qui résonnent dans l'espace malgré les rafales hivernales encore nombreuses. Cette effervescence possède la majesté d'une venue au monde. Même les deux palmiers paraissent gagnés par ce remue-ménage : les feuilles ne piquent plus du nez ; j'ai l'impression qu'elles se redressent.

Mon premier vrai printemps. J'ai déjà connu ma première pluie, mon premier verre de vin, mon premier cigare. Splendeur du début. Le commencement renvoie à un plaisir à l'état pur.

Je suis assis face aux deux platanes monumentaux. Lapouyade m'a assuré qu'ils sont âgés d'au moins cent cinquante ans. Jamais élaguée, dégagée de toute entrave, leur ramure s'est déployée impétueusement vers le ciel. Les branches à la cime ont fini par s'emmêler. Couturé par le temps, le tronc des deux arbres se desquame par plaques, laissant apparaître l'épiderme jaune. Par endroits, il ondule comme le pli de la peau. Plus que jamais, les deux piliers ressemblent à des pattes d'éléphant, la base avec les racines dévidées en éventail imitant parfaitement la semelle garnie d'ongles. Dépouillés de leurs feuilles, les deux platanes n'en dégagent pas moins une puissance prodigieuse. Ils se tiennent en sentinelle devant la maison. Mes deux compagnons devinent la période de convalescence que je vis. Avec bienveillance, ils me regardent reprendre des forces. Ils me considèrent comme un être presque normal, non comme un égrotant qui ne pourra jamais se remettre du mal qui l'a frappé.

Notre époque donne peu de chances aux rescapés et aux survivants. L'histoire pour eux ne se termine jamais. Condamnés à revivre leur malheur, jamais déliés d'une épreuve dont ils ont eu toutes les peines du monde à s'extraire. Pour eux, il n'y aura ni grâce ni pardon ni oubli. Il leur est impossible de se racheter de la tragédie qu'ils ont subie. Le monde extérieur a posé sur eux une étiquette. Ils ne sont pas autorisés à guérir du passé. On ne s'intéresse qu'à la fonction — ex-captif —, pas à l'homme concret. Pourquoi la rédemption est-elle refusée à eux seuls ?

La radio de Castor et Pollux vient d'annoncer l'assassinat à Bruxelles du recteur de la mosquée et celui du bibliothécaire du Centre culturel islamique. La presse pense que ces assassinats sont liés à l'affaire Rushdie. Le recteur musulman avait refusé de cautionner l'appel au meurtre de l'écrivain.

Chaque fois que Mauriac quittait sa maison de Saint-Symphorien, il prenait soin d'embrasser un chêne du parc, toujours le même. L'auteur de *Thérèse Desqueyroux*, qui a passé son enfance tout près des Tilleuls, évoque ce rite dans son œuvre. « J'appuyai la joue contre le chêne adoré, puis, longuement, mes lèvres », confie-t-il dans un de ses ultimes romans, *Un adolescent d'autrefois*.

Ce geste m'a toujours bouleversé. Il existe une photo où l'on voit l'écrivain coiffé d'un béret landais, le visage collé contre l'arbre sacré. Cette accolade a sans doute quelque chose de comique.

On sent que le photographe a dû insister pour convaincre l'homme de lettres d'accomplir une telle mimique qui relève de l'intimité. Mauriac a fini par s'exécuter non sans gaucherie, ce qui rend le geste particulièrement émouvant. Sans doute a-t-il pensé que ce témoignage de fidélité à l'égard de l'arbre élu pouvait être montré, qu'une telle exhibition en valait la peine. Il fera de même avec le tilleul de la cour de Malagar. Là, j'apprécie moins. « Les Landes m'ont tout donné », a-t-il confié. Je ressens ce geste comme une trahison envers sa vraie patrie.

Je n'avais jamais autant ressenti le ruminement printanier. Cette impulsion encore clandestine, je la reçois, elle travaille sous mes pieds et fait palpiter l'air. Les deux palmiers sont guéris, les segments des feuilles pointent triomphalement leur extrémité affilée.

En cet instant, j'ai la sensation que la grande horloge du vivant vient d'être enclenchée, le balancier est lancé, je le sens frémir. Les rouages commencent à bouger. Le mouvement de l'usine chimique végétale ne s'arrêtera qu'en novembre. Le retour : ce sentiment d'une durée qui s'est installée, la conscience que ce règne ne va pas s'arrêter de sitôt, bref cette illusion d'une presque éternité font naître en moi un profond sentiment d'allégresse. Je sens que les âmes de tous les occupants des Tilleuls, devenus les lares protecteurs de la maison, sont dans des dispositions favorables à notre égard. Joëlle reconnaît que cette demeure « dégage des ondes positives ».

## 12

Joëlle et les enfants sont repartis pour Paris. Les tasses et soucoupes de café commencent à s'accumuler. La cafetière italienne fonctionne à plein régime. J'adore ce moment où la mousse émerge de la buse, instant fatidique dont dépend la qualité du moka. Fringale de musique — il me faut combler un creux de trois années. Les récitatifs d'*Il Ritorno di Tobia* me trottent dans la tête dès le matin. Je sélectionne surtout les airs chantés par l'ange Raphaël. Il se cache sous le nom d'Azarias et s'offre à conduire Tobie en Médie.

L'odeur du neuf domine à présent la maison. Castor et Pollux ont débarqué ce matin. Ils ont changé. Je les trouve plus avenants — enfin, c'est une façon de parler, moins fermés en tout cas. Il se peut que je me trompe, mais ils semblent contents de reprendre le travail. Est-ce l'effet du printemps ? Pollux se met à siffler. Quelques notes, à vrai dire. Elles prétendent imiter, je pense, les trilles enjoués du merle. Peut-être tient-il à apporter sa contribution au chant universel qui emplit les Tilleuls. Au susurrement des rouges-queues noirs, aux gammes cristallines des mésanges, il ajoute sa propre musique. Cela ne cadre pas avec l'idée que je me faisais du personnage.

J'ai cru un moment que les Dioscures allaient manifester leur mauvaise humeur. Mes deux garçons se sont amusés avec les outils et ont quelque peu chamboulé le rez-de-chaussée. Mais non, ils n'ont rien remarqué. À moins qu'ils n'aient décidé de fermer les yeux.

L'ambiance de chantier me convient bien. Il flotte dans cette maison aux relents de colophane et de dissolvant un climat d'attente, une sorte de suspense qui répugne à l'épilogue. J'aimerais que cette situation se prolonge indéfiniment.

L'eau térébrante du matin à la pompe, ces pièces auxquelles il a été attribué des fonctions inédites, bref cette atmosphère de bivouac me ravit. Je n'ai pas envie de m'installer. Qu'adviendra-t-il une fois que tout sera terminé ?

Depuis que je laisse les volets ouverts, je me lève plus tôt. Le reflet qui s'écoule sur le parquet remonte doucement. L'aiguille de lumière alors me réveille.

Ce matin un homme est venu me rendre visite. Castor l'a accueilli et m'a cherché partout en bougonnant. Il a dû émettre quelques mots. L'exercice lui a coûté. Le visiteur m'a trouvé derrière la maison, dans la partie ouest. Exposé aux vents et aux pluies atlantiques, ce coin est devenu un bourbier, les gouttières s'y déversent directement sur le sol, mais la vue est intéressante. Elle donne sur une vaste étendue délimitée par un joli muret de garluche, qui est la pierre du pays, extraite de l'alios. À l'évidence, l'espace était naguère voué à un jardin potager dont il subsiste quelques touffes d'asperges et des surgeons de vignes.

— Pardonnez mon intrusion, déclare cérémonieusement l'homme. Je suis votre voisin. Je tenais à vous saluer et à me mettre à votre disposition, ajoute-t-il en accentuant le ton protocolaire comme pour s'en distancier.

Il est âgé d'une quarantaine d'années, très pâle, et porte non sans élégance un vieux survêtement beige qui fait de grosses poches aux genoux.

— Je suis heureux que les Tilleuls renaissent, poursuit-il. On a dû vous le dire : vous avez un bel airial. Mais il y a du travail, beaucoup de travail.

Je constate que le prestige social se mesure ici à l'importance de l'airial. Si je comprends bien, le mien n'est pas mal, mais il faudra nettoyer, employer les grands moyens.

Le visiteur n'a pas la dégaine habituelle des gens d'ici. L'accent gascon est à peine perceptible, avec des intonations plus bordelaises que landaises. Une façon à la fois fatiguée et impertinente de terminer les phrases, rachetée, il est vrai, par une ironie dont il affecte de faire les frais. Dans la conversation, il pratique volontiers le *name dropping*. Sa voix est incolore. Les gens qu'il cite appartiennent au milieu bordelais du vin. « Ils sont pleins aux as, nos bons amis. Le dernier ban des vendanges, c'était le camp du Drap d'or. »

Face à son urbanité quelque peu envahissante, je dois apparaître bien méfiant. C'est que je ne parviens pas à deviner où il habite. Situés à un kilomètre du village, les Tilleuls appartiennent à un hameau qu'on appelle ici quartier. L'habitat y est dispersé comme un archipel de telle sorte que chaque maison ignore celle du voisin. Ainsi, cachée derrière un vaste rideau de pins, la construction la plus proche du domaine est pratiquement invisible. Il n'en demeure pas moins qu'il existe une solidarité de quartier, une appartenance qui fonde l'identité de chaque maison : solitaire et solidaire.

Je l'accompagne jusqu'à sa voiture : une étrange guimbarde jaune en rotondité qui fait penser à une autotamponneuse ou peut-être à une grenouille en raison de ses formes boursouflées. Ridicule dans sa prétention à vouloir se hausser des pneus comme l'éblouissante bétaillère chromée de Lapouyade. Ce mépris des apparences dans cette province où la réputation de la bourgeoisie doit encore beaucoup à la marque et au nombre de cylindres — les autres s'en moquent et circulent dans des caisses pourries — m'apparaît soudain sympathique. Tout de même, quelle touche ! Ce survêtement déformé, cet avorton de voiture et lui, si pâlot et nonchalant. « À bientôt », lance-t-il en insistant pour que je vienne dîner chez lui avec Joëlle. « J'ai encore quelques 61 de château Palmer », croit-il bon de préciser pour m'affriander. Il y a parfaitement réussi. Le Palmer 61 est sans doute le plus mémorable de ce millésime historique. Je suis prêt à subir une soirée ennuyeuse pour déguster une telle splendeur. C'est dire.

Mon voisin m'est apparu affable, maître de lui. Tout est fin, gracile dans sa personne : le visage émacié, les narines au dessin fragile, le nez à l'arête tranchante et même la voix, douce et menue. Il s'est éclipsé rapidement — trop rapidement car j'aurais aimé lui poser quelques questions sur le coin.

Les lilas se sont épanouis. Cet arbuste qui nécessite peu de soins s'est multiplié depuis que l'airial a été laissé à l'abandon. La vertu de ce végétal est de savoir résister à l'oubli. Il prospère à l'ombre des maisons en ruine. Après ma libération, une fête a été organisée dans mon village. On m'a demandé de choisir un arbre pour le planter symboliquement devant la mairie. Je crois avoir déçu mes concitoyens en optant pour le lilas, trop modeste et trop répandu. Je tenais aussi au sous-entendu persan, trouvant plaisant ce pied de nez à mes « amis », mais je n'en ai parlé à personne. Répandu mais si rare. Il défleurit au bout de trois semaines. Néanmoins ce temps éphémère exprime l'âme même du printemps, sa qualité la plus pure, son moment le plus précieux. À peine les narines ont-elles capté son parfum qu'il s'évanouit pour embaumer violemment l'instant d'après.

Ce matin, le faisceau lumineux du soleil m'a réveillé encore plus tôt. J'ai vu Castor et Pollux renifler bruyamment en direction du buisson de lilas situé à l'entrée de la maison. « Hum », a proféré Castor dans un grognement de plaisir. Le printemps les a policés. Les onomatopées se sont adoucies. Ils prolongent le frichti du midi. Peu de chose, quelques instants de plus. C'est cela, le printemps : une minute de plus. Chaque jour, une minute de plus de soleil, un espace de ténèbres en moins. Ce temps supplémentaire s'accumule et ranime peu à peu la terre. Avec le pouce, Pollux tasse chaque pincée de tabac avec une lenteur inhabituelle.

Le masque à la MacArthur s'estompe au profit de la partie Maigret, plus méditative et bonhomme.

## 13

L'aiguille de lumière s'agrandit chaque jour. Le rayon déborde et se déverse maintenant en gros bouillons dorés dans la chambre. L'écaille rougeâtre des tilleuls s'est changée en lamelles menues et amollies, presque cotonneuses. Les feuilles du magnolia que j'ai planté se sont épaissies, elles ont à présent une consistance cuireuse. L'air exhale une subtile odeur de tourbe et de compote. Les notes spongieuses et acides proviennent des débris de feuilles mortes, pâte légère noircie par la fermentation.

Urbain a surgi, pressé comme d'habitude, laissant en marche le moteur de sa voiture — mes enfants ont verlanisé son nom en Ben Hur. L'air grave, il annonce que je vais devoir déménager au rez-de-chaussée. « C'est terminé ! Ils vont attaquer le premier. » Devant mon étonnement, il me gronde : « Tu pourrais quand même t'intéresser au chantier. Tu ne t'es pas rendu compte qu'ils avaient achevé le rez-de-chaussée ? Je te signale que tu es censé être ici pour surveiller les travaux. »

Il n'est pas dupe de mon alibi. Il n'a pas trop envie de chercher à comprendre les raisons de cette retraite, ce qui est sage de sa part, je ne les connais pas moi-même. « Il a besoin de solitude », chuchote-t-on dans mon entourage comme si je venais de réchapper d'une maladie fatale — c'est un peu le cas, avouons-le. Pourquoi en effet ce besoin de s'installer en marge du temps, au cœur de la forêt, loin du monde ? Peut-être l'illusion que le spectacle de la nature et de la métamorphose universelle guérit de tout.

Cependant le bruit de la planète parvient jusqu'aux Tilleuls. Ce matin Castor et Pollux écoutaient un débat à la radio : « Les ayatollahs iraniens sont dans l'incapacité de comprendre ce qu'est le roman. » Ça doit être sur France Culture.

Les lilas persans sont à présent tous fanés.

— Les deux maçons vont t'aider à déménager, déclare doucement Urbain comme s'il parlait à un enfant. Si tout se passe bien, dans un mois et demi le chantier sera terminé. T'es content, non ?

— Un mois et demi. Tu es sûr ?

— Ça a l'air de te paniquer. Tu es quand même bizarre. Ils avancent bien.

Je lui parle de la visite que j'ai eue l'autre jour.

— Il s'est présenté comme mon voisin. Mais je n'ai pas osé lui demander où il habitait.

Je décris le personnage à Urbain. Il a suffi que j'évoque le véhicule pour qu'il identifie mon visiteur.

— Je crois savoir qui est ton hominien.

Lorsque Urbain parle de ses semblables, il lui arrive de les désigner sous le nom de primates. Ce n'est pas du mépris, il trouve que c'est plus original que zèbre, coco, gazier ou zouave.

— Alors, qui est-ce ?

— Il appartient à une vieille famille du coin. Des gens qui possèdent des pins, des champs de maïs. Mais c'est un voisin plutôt éloigné. Il habite le quartier de l'Ardit.

— Tu le connais personnellement ?

— Non, mais je connais son restaurant.

— Son restaurant ! Il est cuisinier ?

J'apprends qu'il est propriétaire de l'Albret à Bordeaux, un des meilleurs établissements de la ville : cuisine du terroir très raffinée.

— Le week-end, il décompresse dans nos Landes, précise Urbain.

J'aime bien quand Urbain m'associe à sa terre en disant « nos Landes ». Il juge qu'avoir choisi son pays me confère une légitimité qui vaut tous les droits du sol ou du sang. Lapouyade m'a lui aussi adoubé à sa façon bien qu'il me soupçonne d'avoir jeté mon dévolu sur les Landes « parce que c'est encore bon marché » (*sic*). Supposition injurieuse : sur le coup, elle m'avait fait monter sur mes grands chevaux. À y réfléchir, elle n'était pas aussi injustifiée que cela. Cet avantage a sans doute joué mais de façon accessoire.

— Secoue-toi, s'écrie Urbain.

Lui se secoue trop. Il est toujours agité, fourmillant de projets, sautant les idées intermédiaires. J'ai parfois l'impression qu'il se harcèle, se soumettant sans répit à une énergie qui le talonne. Je suis sûr qu'il me voit dans la posture d'un François d'Assise interrogeant les oiseaux, parlant aux arbres, remerciant « ma sœur la pluie » ou souhaitant la bienvenue à « frère le vent » qui tambourine à la porte. Un doux dingo en somme — mais François d'Assise dans sa communion joyeuse et lucide avec le monde était différent.

— Secoue-toi, répète Urbain. Sors de cette maison, respire.

— Je ne fais que ça, respirer. Ou plutôt je reprends mon souffle, mais je n'ai pas encore trouvé le rythme. Je suis comme un plongeur qui remonte par paliers. C'est étrange, j'ai l'impression qu'en restant ici j'apercevrai bientôt la surface.

— C'est vrai, tu sembles avoir encore le souffle court. Inspire, aspire ! Ici, c'est l'air le plus pur de France.

— Je mets cela sur le compte de ton chauvinisme landais. Les Bretons, les Auvergnats, les Savoyards disent qu'ils ont le climat le moins pollué de France. Mais ce n'est pas la qualité de l'oxygène qui est ici en question. Il faut m'excuser. J'ai étouffé trop longtemps.

Urbain est un être plein de tact quoiqu'un peu bourru. Il ne me rappelle jamais que je reviens d'un monde confiné et suffocant. Je lui en sais gré. Il sait que j'ai besoin d'inhaler l'odeur balsamique du vivant.

Il nous faut plus d'une heure pour descendre le lit, la cuisinière, la table, les étagères et le gros fauteuil crevé. Quand je dis « nous », c'est une façon de parler. Castor et Pollux ont fait tout le boulot, avec bonne grâce, je dois le reconnaître. Je me suis contenté de leur indiquer la dépose et de descendre Virgile et le CD. Le rez-de-chaussée m'apparaît immense. Le mobilier du premier semble perdu dans ces pièces monumentales et blanches qui sentent la laque et l'embrocation. Je m'aperçois qu'il ne suffit pas de disposer d'une grande maison, de se prévaloir d'une quinzaine de pièces. Il va falloir maintenant les revêtir ou du moins les habiller décemment pour qu'elles n'aient pas cet aspect fauché des maisons trop vastes. Rien n'est plus triste dans une demeure qu'une pièce sans emploi, sans identité, servant vaguement de débarras ou de séchoir à linge.

Je me lève à 7 heures. Une fois la fenêtre ouverte, je suis de plain-pied avec les deux platanes, fasciné par les racines extérieures qui leur font de gros orteils. J'ai l'impression qu'ils aimeraient avancer. Seulement un pas. Ils ont le côté bonasse quoiqu'un peu inquiétant des pachydermes.

J'ai établi provisoirement la chambre à coucher dans un salon de la partie nord. Cette aile possède un beau carrelage aux motifs art nouveau. J'ai mon idée sur ce coin qui comporte trois pièces. Quand le premier étage sera terminé, j'y installerai mon bureau — en attendant j'y ai logé mes bouteilles — ainsi qu'une sorte d'antichambre et une bibliothèque.

L'épineuse question des livres, jamais résolue, se pose à tout Occidental alphabète autour de la cinquantaine qui pendant toute une vie accumule des bouquins et répugne à s'en séparer. Les résidences secondaires sont justement faites pour cela : desserrer la pression de cette force qui menace et rassure. Un moyen élégant de les mettre en maison de retraite. On leur fait de temps à autre une visite, on se persuade qu'on garde le contact.

Au commencement de la vie active, quelques volumes sont rangés sur une étagère du salon ou de la chambre. À mesure que les années passent, ils prolifèrent insidieusement dans toutes les pièces. Tous les murs disparaissent, recouverts de rayonnages. Cet encombrement est parfois un sérieux motif de discorde dans un couple. Sans être bibliophobe — mais il peut le devenir — le conjoint voit l'espace familial se rétrécir et réclame un beau jour une solution énergique. Il l'appelle, selon les cas, un nettoyage, un écrémage, un tri. Quand il parle de coup de balai, c'est que la situation est grave. Dans le monde des bibliothécaires, cette opération de sélection se nomme désherbage. C'est un mot terrible, épouvantablement expressif. Désherber une bibliothèque, c'est enlever les ouvrages devenus inutiles. Selon quels critères faut-il sarcler ? Le choix est laissé à la discrétion des bibliothécaires. Ce bon plaisir, ce droit de vie ou de mort sur les auteurs ont quelque chose de terrifiant — et de nécessaire.

Comme beaucoup de gros liseurs, j'ai longtemps entretenu un commerce névrotique avec les livres. Peur d'en manquer ? Cette hantise remonte à mes années de jeunesse où je ne lisais pas à ma faim. Journaliste, j'ai reçu des quintaux de services de presse sans que ma fringale disparaisse pour autant — là, je désherbais dès réception, la plupart des exemplaires étant dénués d'intérêt.

Un jour, cette crainte est devenue réalité. J'ai dit combien j'avais été privé de livres pendant ma détention au Liban. Ils m'ont aussi sauvé. Quand je n'avais plus rien à lire, je me remémorais les lectures d'avant. Il ne s'agissait que d'une reconstitution. Évidemment ces romans, je ne les savais pas par cœur. Les poèmes, oui. Je pouvais en réciter encore un certain nombre. Pour le reste, je me livrais à une tentative de rétablissement ou de représentation d'une chose disparue. L'exercice m'absorbait à ce point que je parvenais pendant quelque temps à oublier ma condition.

Cette gymnastique de la mémoire ne portait nullement sur l'histoire. Restituer l'intrigue du *Rouge et le Noir*, d'*Eugénie Grandet* ou de *Madame Bovary* n'était pas l'objectif que je poursuivais. Recréer le souvenir d'une lecture, reconnaître en moi la trace qui en subsistait, retrouver l'imprégnation, tel était le but que je m'étais assigné. Donner une signification à ce que je lisais était accessoire. C'est l'infusion du texte que je recherchais, non son interprétation.

Après ma libération, j'ai vite constaté avec un serrement de cœur que mon rapport aux livres avait radicalement changé. Quelques bouquins m'étaient parvenus dans ma geôle. Jamais je n'ai dévoré avec autant d'intensité. J'oubliais la cellule. Enfoui au fond de ma lecture, produisant en moi-même un autre texte. Jouissance rare, elle équivalait à une remise en liberté provisoire.

L'homme libre ne peut lire avec une telle concentration. Il est sans cesse distrait, éparpillé par le plein exercice de sa liberté. Il corne un livre à un passage donné avant de se coucher, il le reprendra le lendemain. Entre-temps, il est allé au travail, il a bavardé, mangé, il s'est diverti. Même un bouquin englouti d'une seule traite, en vacances, dans la solitude d'une chambre, n'absorbe pas complètement le lecteur. Une certaine disponibilité au paysage, au silence, le sentiment de dissipation que procure l'inertie estivale ou la vacuité, bref l'absence de contrainte n'égalera jamais la tension d'esprit que crée l'enfermement. La liberté nous émiette. Enchaîné, j'ai connu à la lueur d'une bougie l'adhésion absolue au texte, la fusion intégrale aux signes qui le composaient — la question du sens, je le répète, était secondaire.

Cet acquiescement total, je ne parviens pas à le retrouver depuis ma délivrance. Symptôme de la dislocation que je redoute tant ? La « Librairie », comme disait Montaigne, semble avoir perdu de cette impulsion vitale et de cette consistance qui m'ont permis de résister.

Je le constate avec tristesse : j'ouvre désormais les volumes d'un geste machinal et les parcours mollement. Manque cette vigilance impérative, élémentaire, qui m'a prémuni du désespoir. Ma pratique des *Géorgiques* et son aspect gratuit s'inscrivent sans doute dans ce relâchement. Inutile de préciser que je n'ai nulle envie de revivre mon épreuve pour retrouver l'acuité perdue.

Cette appétence reviendra-t-elle un jour ? J'ai été libéré il y a neuf mois. J'ai quarante-cinq ans. Parfois je me dis que j'en ai trop vu. Peut-être ai-je déjà abattu toutes mes cartes. Ce n'est pas que je me sente vieux, au contraire, ce retour est une seconde naissance, non, j'ai l'impression d'avoir, en trois années, épuisé une vie d'homme. J'ai vécu trop tôt ma vieillesse, expérimentant tous les tourments et la hantise de la fin qui accompagnent cet âge.

Tirant les conséquences de mon anorexie, j'ai décidé de déménager dans les Landes tous les livres de Paris. Après tout, je ne cherche pas à me débarrasser d'eux puisque je vis aux Tilleuls. Un peu hypocrite comme comportement. Une façon d'atténuer les décisions radicales. Le plus étrange est que je n'ai rien décidé. Rompre avec l'ordre ancien — c'est ainsi que je désigne l'époque d'avant mon enlèvement — s'est imposé naturellement. Tout en moi était dévasté. Il fallait commencer à repeupler ce paysage de désolation, établir une nouvelle relation de confiance avec le monde.

À Paris, je me suis employé pendant plusieurs semaines à déplacer, vider, détruire. Les livres ont été rangés dans des cartons. Tout mon passé. La bibliothèque attend le camion de déménagement.

Seuls les « Pléiade » n'émigrent pas. Ils font partie de la maison : on ne démonte pas un balcon ou une fenêtre. À présent notre pavillon de Paris a l'air trop vaste, désaffecté. Les murs sont réapparus et font des taches nettes et blanches en lignes brisées. Ces réactions photochimiques composent des formes contrastées sur la maçonnerie. Elles soulignent l'aspect défraîchi des plafonds.

## 14

— Quand doit-on considérer que les murs sont
secs ?

La question que je pose à Castor est, je
l'admets, assez mal formulée. La seule réponse
que j'obtiens est une moue. Je suis face à lui, bien
décidé à recueillir mon information.

— Considérer ! fait-il, étonné.

— Ces murs, dis-je en les touchant des paumes
de la main. Quand seront-ils secs ?

Il me regarde attentivement pendant plusieurs
secondes et déclare d'un ton presque conciliant :

— Un mois et demi.

Puis il me tourne le dos. C'est donc à cette date
que je pourrai expédier ici mes livres et mes étagères. Je veux espérer que ces dernières s'adapte-
ront aux murs refaits à neuf.

Je me sens un peu perdu dans l'espace imma-
culé du rez-de-chaussée. Le moindre frémissement fait écho dans les pièces carrelées et vides

qui exhalent une odeur grasse d'émulsion. L'eau courante fonctionne à présent dans la maison. C'est Urbain qui devant moi a ouvert solennellement le robinet de la cuisine : « L'eau… tu vois… ça coule », a-t-il dit en trempant avec une évidente satisfaction son index sous le jet. Je devrais m'en réjouir mais il a bien vu que cela m'était indifférent. Il me prend une fois de plus pour un enfant. Il est exagérément patient avec moi, il veut m'inculquer de bons principes et m'indiquer les vrais repères. Ainsi le branchement de l'eau doit symboliser le confort, le progrès, une étape décisive avant la fin des travaux. Mais il se rend compte que je suis un élève dissipé et même un peu pervers qui préfère l'eau du forage et prend plaisir à rester tête nue sous la pluie.

Je ne contrôle plus le premier étage qui est devenu le royaume de Castor et Pollux. Ils n'ont pas été longs à asseoir leur hégémonie sur mon ancien pied-à-terre. J'en suis désormais exclu. Ils ont déménagé derrière, dans la partie boueuse, la bétonnière. Elle a laissé sur l'herbe de l'entrée une empreinte de mortier indélébile. La cuve tourne en diffusant sa mélodie monotone, cadencée parfois par le battement des graviers. J'ai allumé un feu dans la cheminée. Le premier depuis la pendaison de la fausse crémaillère. L'airial abonde en bois mort d'essences les plus variées. Les bûches que j'ai ramassées proviennent d'un cèdre de l'Atlas. La résine provoque de petites explosions et répand dans la maison une odeur légèrement goudronnée.

Les bombardements ont repris au Liban. La bataille s'étend à tous les fronts du territoire chrétien. Les combats entre les troupes du général Aoun et les Syriens ont fait cent soixante morts en trois semaines.

La ramure des tilleuls dessine une forme ovée presque parfaite qui s'épaissit un peu plus chaque jour. Un couple de mésanges niche sous l'auvent et ne semble nullement gêné par mes allées et venues. Une fine vapeur monte de la terre, dispensant une odeur fraîche, acide, vaguement tourbée. Je suis couché dans l'herbe. Mon corps a perdu prise et se déleste de tout son poids au contact de la terre.

« La glèbe dénoue sa ceinture », note Virgile à propos du printemps. Je sens ce desserrement. La maison dans la clairière m'apparaît plus que jamais harmonieuse, solaire, apollinienne au regard de la forêt dionysiaque. Sentiment d'un achèvement, la fin programmée de la période d'engourdissement. Les muscles raidis appréhendent l'épilogue. Un état proche de la béatitude s'il ne persistait une certaine résistance, quelque chose de cicatriciel, d'endurci, de desséché. Comment reprendre possession de

118

l'enveloppe charnelle ? La désincarnation ne cesse nullement le jour de la délivrance. On peut dépulper à jamais un homme, lui enlever cette substance sensitive et moelleuse qui savait autrefois rendre si savoureux le goût des choses.

Le soleil est partout. Il miroite sur les carrelages, sur le blanc des murs. Le blanc rédempteur est une couleur violente, impérieuse, qui n'admet pas la contradiction d'une fausse note. Dans les pièces sans meubles, son intransigeance appelle le vide, la rigidité, les odeurs aseptisées. Une netteté trop tendue, presque stérile.

Castor et Pollux paraissent mécontents. Assis sous un pin, je les vois de loin plisser les yeux et humer l'air. Pollux passe son index sur le carreau d'une fenêtre. J'ai remarqué sur le sol une fine poussière jaunâtre. Elle s'insinue partout. Lorsqu'un coup de vent fait ployer la cime des arbres, un nuage d'or se dégage et tourbillonne dans l'air. Il pique les yeux et irrite la peau. Il irrite surtout Castor et Pollux qui se sont résolus à fermer toutes les ouvertures. Comme le premier chant du coucou ou l'apparition des lilas, le pollen du pin est un de ces signes qui ponctuent le printemps et étonnent toujours par leur surgissement comme s'ils revêtaient un caractère imprévu et unique. Castor et Pollux attendent la pluie du week-end qui fixera les particules sur l'arbre, les empêchant ainsi de se propager dans l'air.

Je suis allé chercher Joëlle à la gare en soirée. Il flotte dans la lande un parfum résineux et fruité qui contraste avec la nuit noire. L'odeur est vive, légère, limpide, presque lumineuse, s'opposant aux exhalaisons profondes et nocturnes de la forêt. En arrivant aux Tilleuls, je suis frappé par le flux qui émane des arbres. Une impression d'appareillage comme si la machine vivante se déplaçait vers le souffle rafraîchissant du grand large. Je sens dans l'obscurité le lourd bâtiment gagner au vent et revivre à l'approche de la haute mer. La forêt bienveillante dessine autour de la maison des caps et des golfes.

Nos pas résonnent dans la maison vide comme dans une cathédrale. « Tu vas voir, elle va se remplir très vite, trop vite. Profitons de la phase spartiate. Elle ne va pas durer », commente Joëlle. Les salles sentent la peinture. Finie la bonne vieille odeur aride de café. Ce sont à présent des relents oléagineux vaguement miellés. S'y mêlent les arômes fermentaires de vernis, de solvant et des effluves d'acétylène. On les associe d'ordinaire au blanc, au neuf, au commencement. L'odeur de peinture, c'est l'incipit d'une maison. Les notes vinyliques sont les premiers mots d'une histoire à écrire. Cette entrée en matière est capitale. Elle induit tout le reste du récit. Il importe de réussir cette phase.

À en juger par ces pièces qui fleurent bon la peinture fraîche et cette netteté un peu piquante de détergent et de propreté, la suite devrait nous être favorable. La nouveauté n'a pas tout balayé. Parfois l'odorat capte des relents entêtants de moka, des fumets de feu de bois et cette trace de fruits suris qu'on dirait sortie d'un roman de Mauriac.

Nous jetons un coup d'œil au premier étage occupé par Castor et Pollux. Le Graillon est encombré d'un chariot de soudage et d'échelles. Sur les murs, ils ont dessiné au crayon des croquis et des dessins avec hachures et pointillés. Leur cuisine a été installée dans notre ancienne chambre à coucher. Le vieux papier peint aux jolis imprimés imitant des motifs architecturaux — frise, treillage — est déchiré par larges bandes. Tout cela sent la plomberie, le brûleur, le réchaud à gaz, une odeur de mèche et de perceuse, légèrement roussie avec une note insistante de mine de plomb. Alors que le rez-de-chaussée était placé sous l'invocation du gâchage, du mortier et de la peinture, l'étage supérieur se veut le règne du chalumeau, de la brasure et de la zinguerie.

Urbain a trouvé que la quinzaine de pièces n'était pas suffisante, il en a créé d'autres : deux salles de bains et une sorte de lingerie, cet espace étant pris sur le grenier. Je lui fais confiance, il sait où il va même si parfois je me prends à douter. Comment vais-je me retrouver dans cette vastitude, dans cet ancien lupanar aux innombrables cabinets ?

## 15

Lecture rituelle de Virgile. La création du monde selon lui : « Deucalion a lancé sur la terre vide des pierres d'où sont nés les hommes, une race dure. » Bien trouvé, cette « race dure ». Cendrars prenait Virgile pour le Francis Jammes de son temps — à moins que ce ne soit l'inverse. Il a raison. Encore que Jammes l'a un peu aidé, puisqu'il a écrit *Les Géorgiques chrétiennes*. La même simplicité élaborée, la même fraîcheur, un côté mièvre aussi, même si, pour Virgile, je ne connais que la traduction. Ce dernier possédait-il la roublardise de l'auteur de *L'Angélus* ?

Ce matin, j'ai annoncé à Joëlle que nous étions invités à dîner chez le Voisin : « Qui est-ce ? Tu ne m'en avais pas parlé. Ça m'a tout l'air d'un guet-apens ton histoire », plaisante-t-elle. Je lui fais valoir qu'il est bienséant d'entretenir des relations avec ses voisins. « Bienséant ! On se moque des convenances mais la sociabilité, c'est autre chose et je suis pour. Tu ne crois pas qu'on va se raser ? En plus, il va falloir rendre l'invitation. »

À 20 heures nous nous présentons devant la maison du Voisin située au milieu d'un splendide airial. L'ensemble est particulièrement soigné. Les parterres, la pelouse sont ratissés à la perfection. Je suis très jaloux : je ne parviendrai jamais à un tel degré de raffinement. « C'est peut-être un peu léché », tempère Joëlle sans doute pour me consoler. Heureusement, la voiture jaune en forme de crapaud garée près des communs apporte une fausse note qui me rassérène.

Toujours négligé chic-cadavéreux, mais dans un genre moins relâché que la première fois, le Voisin arbore une veste noire provenant de toute évidence d'un vieux costume, un jean délavé avec distinction et des bottines à cuir grenu, usées mais soigneusement cirées. Présentations : l'épouse et la sœur. L'épouse, blonde, la quarantaine très légèrement harassée, une sorte de majesté alanguie, juste quelques cernes que ne cherche pas à dissimuler un maquillage soigné et discret. La sœur, juvénile, la mise versaillaise façon campagnarde, jupe plissée, serre-tête, pull cachemire ras du cou, se moquant à l'évidence et à tort de son apparence. Le genre récalcitrant : « Je suis comme je suis. » Serait séduisante et même belle si elle faisait un effort.

Sur la desserte, j'entrevois avec satisfaction la présence du Palmer 1961. Il a déjà carafé les deux bouteilles — c'est peut-être une erreur, nous le saurons tout à l'heure.

Les débuts sont quelque peu embarrassés. Plusieurs sujets sont rapidement passés en revue : la météorologie, les portraits de famille accrochés à l'entrée, les animaux empaillés (il y en a partout : renard, têtes de sanglier et de cerf, courlis). Nous connaissons tous ces moments où la conversation, qui est avant tout un jeu, ne parvient pas à s'engager parce que chacun donne son avis sans écouter l'autre. Le Voisin raconte avec force détails l'histoire de ses ancêtres et leur passion pour la taxidermie. Que puis-je répondre sinon que ces animaux morts sont si bien naturalisés qu'ils donnent l'impression d'être vivants ? Je ne suis pas fier de ce lieu commun, mais mon interlocuteur l'a bien cherché. La soirée se présente mal. À peine a-t-on embarqué sur un thème qu'il coule à pic.

Heureusement survient un chien qui m'a tout l'air d'un basset. « Un basset hound », précise l'hôtesse. Il a un regard intelligent et semble très affectueux. Il répond au nom de Maurice — on ne sait jamais si ces prénoms procèdent d'une vengeance ou d'un hommage à un être cher. Maurice est un séducteur du genre impertinent. À l'évidence il veut enjôler les nouveaux venus avec effronterie. Le voilà qui grimpe sur nos genoux puis entreprend de lécher passionnément le visage de Joëlle. Histoire de détendre l'atmosphère, je déclare : « Maurice semble avoir le béguin pour ma femme. Ça tombe bien : elle déteste les chiens. » Contre toute attente, nos trois hôtes éclatent de rire. « Veux-tu bien revenir, espèce de bâtard », ordonne le Voisin en posant d'autorité ledit Maurice sur ses genoux. Les oreilles très longues du basset, qui a pris une expression hypocrite, pendent comme deux serviettes.

— Les bassets hound ont un fort caractère. On peut même dire qu'ils sont désobéissants, indique le Voisin. Mais Maurice est un amour. À la chasse, il est très résistant. Il a l'air pataud comme ça mais il est malin et d'une agilité incroyable.

De la chasse, nous passons aux palombières. « Très ritualisées », commente notre hôte.

— Ritualisées, tu parles, coupe la sœur. C'est un monde de mecs tout simplement, dont nous sommes exclues. Et c'est tant mieux. On bouffe avec les doigts, on boit sec, on rote, on gaudriole. Ce laisser-aller est d'ailleurs très bien réglé. De ce point de vue, mon frère, tu as raison, c'est très ritualisé.

Elle a une façon moqueuse et affectueuse de dire « mon frère ». Sans doute une manière de railler son ton cérémonieux.

Nous passons à table. Ils parlent de « bestioles » entre eux avec des airs de conspirateurs. Quelle surprise nous réservent-ils ? Ça s'annonce bien avec un foie gras parfaitement lobé, à la fois lisse et ferme. Sur les Landes, la sœur paraît très calée, mais elle ne ramène pas sa science. Le frère, lui, est plus porté sur Bordeaux et son vignoble. Le vin, c'est le moins que l'on puisse dire, ne lui a pas communiqué un teint vermeil. Cependant, son air livide et sa voix étiolée ne manquent pas de distinction.

L'épouse parle peu, mais on devine que c'est une bonne vivante. Tous les trois chérissent en tout cas leur pays. Loin de se plaindre de l'indifférence dont souffrent les Landes, ils souhaiteraient encore plus de désintérêt pour leur région qui doit demeurer « un secret bien gardé ».

— Nous sommes un territoire à part, explique la sœur. Notre contrée ne se livre pas d'emblée. Elle exige un apprentissage, une éducation. Nous ne sommes pas pittoresques. Regardez : nos paysages n'ont rien de spectaculaire. Nous sommes à l'image de cette platitude. Mais derrière cette apparente banalité, la forêt landaise camoufle beaucoup de choses.

— Les Landais sont des gens modestes, renchérit l'épouse du Voisin. Nous sommes coincés entre la morgue bordelaise et ces mauvais coucheurs de Basques.

Le numéro est bien rodé. Et convaincant pour les néophytes que nous sommes même si je demeure sceptique sur ces généralités ethnologiques. On sait bien qu'elles sont des projections imaginaires. Chaque région continue plus ou moins de s'y conformer. À les écouter, les Landes sont un cas d'école.

— Nous sommes le pays qui n'existe pas, persifle la sœur. On nous répète que les Landes sont un blanc sur la carte. Rien que du sable. Que peut-on construire de durable sur le sable, je vous le demande ? Les Français vivent dans le mythe d'un pays né sous le second Empire. Qu'est-ce qu'on peut nous bassiner avec cette loi du 19 juin 1857 ! Elle est censée être l'acte de naissance de la forêt landaise. En fait, cette forêt existe depuis deux mille ans. Après tout, c'est chez nous que se trouve la plus ancienne représentation au monde du visage humain : la dame de Brassempouy. Vingt mille ans avant Jésus-Christ. Qui dit mieux ! fanfaronne-t-elle avec une fausse grandiloquence comme pour se moquer de son propos.

— Encore des victimes du système colonial français ! dis-je. J'ignorais qu'à la suite des Corses, des Bretons et des Basques, les Landais avaient eu à souffrir du pouvoir jacobin.

— N'ironisez pas, c'est la vérité. L'État a toujours eu des idées grandioses pour civiliser ce territoire sans nous demander notre avis. Une situation typiquement coloniale.

Je ne suis pas sûr qu'elle croie totalement à ce qu'elle dit. Son ton railleur indique qu'elle n'est pas dupe. C'est un jeu qu'ils doivent volontiers pratiquer à trois, devant des étrangers. Pourtant, comme dans tout divertissement, il entre une part sérieuse et non futile. La proportion est pour l'instant infime mais cette manière de penser fait son chemin. Elle s'insinue dans leur esprit. Un jour, ce ne sera plus une demi-plaisanterie. Les Normands vont s'y mettre à leur tour. Puis les Auvergnats, les Périgourdins, les Picards. Il ne restera plus que les Franciliens. Eux au moins sont d'une invention récente.

Le 61 de Palmer fait diversion.

— Je me souviens de l'été 1961, déclare le Voisin. (Il se lève, ajuste sa pochette et porte solennellement son verre à la hauteur du front.) Pas une goutte d'eau. Le thermomètre avait franchi les quarante degrés. Je n'ai pas oublié le vent brûlant et salé de la mer. Il paraît qu'il a grillé la vigne. C'est un millésime qui curieusement est lié dans ma mémoire au mur de Berlin. Vous savez qu'il a été élevé en plein mois d'août 1961. Cette construction a accentué, pour moi, l'impression de suffocation. Un aussi beau millésime lié à l'arbitraire d'un tel acte ! Mais qui s'en souvient ? Les grands millésimes parviennent à abolir la virulence de certains événements, qu'en pensez-vous ?

Je ne sais si le vin habite un éternel présent, en tout cas celui-ci me paraît invulnérable. La robe est encore sombre et intense. Les parfums de la jeunesse, souvent trop démonstratifs dans leur évidence, ont disparu au profit d'un bouquet profond évoquant le cèdre, l'épice. Une sensation ténébreuse, irrévélable. Je songe alors à cette réflexion entendue un jour dans la bouche d'un vigneron : « Le parfum, ça vous saute au nez tandis que le bouquet, il faut aller le chercher. » C'est un bonheur presque illicite d'atteindre la vérité cachée d'un tel vin. Il réussit à jouer sur deux notions antinomiques : la délicatesse et la puissance. D'ordinaire, on a l'un ou l'autre. Jamais les deux à la fois. Sauf dans des cas exceptionnels comme celui-ci.

L'épouse du Voisin et la sœur se sont absentées avec des airs de conjurés. Elles tiennent conciliabule en cuisine. Je saisis vite les raisons de cet aparté. En grande pompe, la sœur présente dans la lèchefrite de petites boules d'ivoire en brochette dont la peau est très légèrement quadrillée en pointes de feu par le gril. Un petit croûton taillé en demi-lune est intercalé entre chaque « bestiole ». Ce sont des ortolans, doux oiseaux de passage, ainsi appelés « parce qu'ils fréquentent les jardins, du bas latin *hortolanus* » nous précise le Voisin.

La fourchette et le couteau sont bannis. La sœur indique qu'il faut saisir l'oiseau par le bec avec ses doigts. Je fais rouler mon premier ortolan dans la bouche. La tentation est grande de mâcher à peine en aspirant la chair dense et moelleuse car elle fond sous le palais. Lorsque je débroche mon deuxième ortolan, il rend une ou deux gouttes de graisse que je recueille soigneusement sur le croûton. Je sens que ce sera divin. Un goût plein de noisette, gras et fumé, truffé et fruité à la fois. La chair de l'ortolan qui se fluidifie dans la bouche souligne l'impression de dodu et de gras, en même temps la peau croustillante donne une sensation tactile qui l'apparente au maigre, au sec, au non-épais.

L'ortolan possède en Gascogne une valeur particulière. Ce passereau est si rare qu'il n'est dégusté qu'entre amis, « sous la serviette » comme le confie la sœur. C'est dire qu'on nous fait honneur en nous offrant ce plat. Pourquoi une telle marque de bienveillance ? Je crois qu'ils sont heureux tout simplement de recevoir. De manifester aussi leur sympathie à l'égard d'étrangers qui ont choisi d'habiter leur région. Peut-être éprouvent-ils à notre endroit une forme de gratitude.

Quelle déviance secrète, quelle blessure pouvons-nous bien cacher pour venir nous enterrer dans ce coin ? Sans doute doivent-ils mettre pareille extravagance sur le compte de mon passé récent. Ce point de vue n'est pas infondé. Dans un état disons moins flou, j'aurais fait probablement un autre choix. La décision fut hâtive et même irréfléchie. Cette maison est la conséquence d'une anomalie ou d'une fracture que je dois accepter. Cette atteinte non seulement je l'endosse, mais je veux lui être fidèle.

— J'imagine que c'est une sorte de retour aux sources, déclare le Voisin de sa voix blanchâtre.

— Que voulez-vous dire ?

— Eh bien à cause de Paul Kauffmann. Je suppose qu'il est de votre famille.

Qui est ce Paul Kauffmann ? Mon hôte a l'air étonné et entreprend de nous éclairer.

— J'étais persuadé que vous aviez un rapport avec ce dessinateur qui a si bien décrit nos Landes, s'exclame-t-il avec une nuance de déception dans la voix qui est devenue inexplicablement sonore et même chaude.

Nous apprenons que mon homonyme est né à Belfort et qu'il a longtemps travaillé pour *L'Illustration* à la fin du XIXᵉ siècle. Le Voisin va chercher plusieurs livres. Je m'aperçois que ces gravures accompagnant des textes sur la vie des résiniers me sont familières. Paul Kauffmann exprime assez bien la sensibilité de l'époque. Il a le sens du pittoresque et de l'effet joint à une indéniable virtuosité. On sent qu'il sait observer le monde de la forêt landaise, saisir le détail vrai. Mon arrière-grand-père natif d'Alsace a immigré en Bretagne après la défaite de 1870. Belfort faisait alors partie du Haut-Rhin. Après tout, peut-être ai-je un lien de parenté avec ce Paul Kauffmann. Je vais essayer d'y croire.

La deuxième bouteille de Palmer me paraît un brin inférieure à la première, le vin est moins profond, un peu moins complexe. Cette différence sur un cru du même millésime n'est pas rare, surtout quand il s'agit d'un vin ancien. Depuis deux heures, nous faisons bombance et joyeuses libations. Il est possible que les papilles gustatives saturent et que le palais soit moins frais, moins impressionnable. Le Voisin me ressert souvent. Je me sens en tout cas très euphorique, nullement ivre. Dans un état de béatitude mais lucide et actif. Je ne connais pas de shoots plus plaisants que ces crus anciens. Ils m'exaltent, me font revenir en arrière comme la truite remonte la rivière. Seule matière vivante à se bonifier en vieillissant, le vin abolit le flux temporel. J'ai le sentiment qu'outre son caractère gustatif exceptionnel, ce 1961 m'a fait prendre un sens interdit. Le ruissellement universel du temps s'est inversé.

En 1961, j'avais dix-sept ans. Cette année est liée pour moi à des barrages routiers et aux manifestations paysannes dans toute la Bretagne. C'est aussi l'époque de *L'Année dernière à Marienbad*. Le film m'avait passablement ennuyé. Je préférais *Le Monocle noir* de Georges Lautner avec Paul Meurisse ou *Les Canons de Navarone* sorti la même année. Mais dans *Marienbad*, il y avait Delphine Seyrig, son timbre de voix si sophistiqué et sensuel. Comme le Palmer. Ces deux qualificatifs vont bien à ce vin qui a le don de me reporter en 1961, je devrais dire me transporter, comme si j'avais sauté sur l'autre rive du temps. Mais je n'ai plus dix-sept ans et il me faut revenir sur terre.

Le bordeaux me met dans tous ces états parce qu'il a su transformer un paradoxe en volupté. C'est un compromis souvent réussi entre sensualité et retenue, un je-ne-sais-quoi de tendre et de tendu, d'abandon et d'élan. La sévérité du cabernet-sauvignon et la souplesse du merlot y sont sans doute pour quelque chose : l'assemblage dompte chacune des parties, lesquelles ne se prennent jamais pour le tout. L'ensemble parvient finalement à transcender la singularité de chaque cépage. Comme se plaît souvent à le dire Jean-Bernard Delmas, l'homme de Haut-Brion : « Le bordeaux : il a tout et rien de plus. »

## 16

En rentrant, sous la pleine lune, les tilleuls paraissent curieusement actifs. Les deux platanes agitent leurs bras tordus, le toit de la maison scintille comme si les tuiles étaient faites de verre. Les oiseaux vocalisent à tue-tête comme en plein jour. L'aréole qui entoure le disque de la lune a pris une couleur de cendre. Une lumière argentée stagne sur la campagne et allonge les formes à l'infini. La constellation du Lion est dessinée très nettement dans le ciel avec sa forme de faucille qu'on peut prendre aussi pour la crinière du lion. L'haleine de la nuit renvoie sur mon visage des effluves frais et parfumés. L'odeur semble parfois se désagréger comme par un phénomène de diffraction puis elle revient couler doucement vers moi, à la fois si aiguë et si enveloppante qu'elle me fait penser à ces bonbons acidulés lisses et translucides, avec des bulles d'air, pareils à du verre soufflé.

— Tu as l'air de planer, chuchote Joëlle.

— Une belle soirée, non ?

— Je vois que tu as apprécié le Palmer.

— Tu crois que je suis ivre ?

— Non, mais tu sembles bien joyeux. Je t'ai rarement vu dans cet état. On en viendrait à t'envier. Tu respires un tel bien-être. Les Landes te réussissent.

— Et à toi, elles te conviennent moins ?

— Pourquoi ? J'observe, j'explore le territoire. Laisse-moi le temps de m'acclimater.

J'ai besoin de Virgile pour m'endormir. Je tombe sur les débuts de la deuxième *Géorgique* qui énumère les vignobles de l'époque d'Auguste : « Vois les vins blancs de Thase et de Maréotide : l'un veut un terrain gras et l'autre un sol aride. »

Quel goût pouvaient avoir ces crus ? Les Romains les consommaient en les coupant avec de l'eau tiède et même de l'eau de mer. Boire le vin pur était une habitude de Barbares. Je somnole en essayant de m'imaginer le Palmer dilué avec de l'eau salée.

Depuis quelques jours, Castor et Pollux arborent une mine réjouie. « Il fait beau », a même déclaré Castor ce matin. Il s'adressait bien à moi, je n'ai pas rêvé. Sans doute a-t-il plus grogné que prononcé ces trois mots mais la phrase a résonné dans mon esprit toute la journée : « Il fait beau. »

Je les surprends parfois plantés pensivement derrière les fenêtres du premier. Pensivement n'est peut-être pas le terme qui convient. Ils observent le dehors comme s'ils étaient aux aguets. Une famille de chevreuils se prélasse parfois au soleil non loin de la maison sans paraître le moins du monde effarouchée. Ils s'arrêtent près des repousses d'acacias et les broutent avec application. C'est une scène gracieuse qui comble sur le coup tous mes rêves bucoliques. Ça y est, me dis-je, je suis dans l'Arcadie heureuse.

Le faon s'amuse comme un fou, il tournoie dans l'herbe, part comme une flèche vers un fourré, pile net, puis revient en minaudant auprès de ses parents. C'est écœurant de mièvrerie. Le voilà à présent qui entreprend de ronger l'écorce d'un jeune chêne. Cette dernière fantaisie m'amuse moins. Je comprends à cet instant que la cohabitation avec ces aimables cervidés ne sera peut-être pas idyllique.

Incroyable comme Pollux se métamorphose quand il les voit. Il y a une sorte d'avidité dans son regard, une convoitise froide et brutale. Il respire déjà, j'imagine, l'odeur de la poudre et du gibier même si la chasse à cette époque de l'année est interdite. J'extrapole. Je prête aux Dioscures des pensées et des comportements qu'ils n'ont peut-être jamais eus. Castor est le plus calme des deux.

Il se délecte de la saveur du présent. Ce ne sont pas tout à fait des jumeaux : le Temps et la Nature.

Quand ils quittent le chantier en fin d'après-midi, laissant dans leur sillage le parfum âcre et corsé du gros gris, je profite de leur absence pour constater l'évolution des travaux au premier étage. Le couloir exhale une odeur particulière de calfatage, de fusible grillé. Les murs sont hérissés de câbles, de tubes en polyéthylène, tout un réseau de tuyaux court à travers le grenier. Urbain assure que les fils électriques ont une âme. J'ai vérifié dans le Robert. Il a raison : c'est la partie médiane d'un conducteur. Il y a même une « âme massive » pour les installations fixes et une « âme câblée » pour les appareils mobiles.

Urbain affirme que dans quelques semaines, la maison sera « prête ». Prête à quoi ?

Après les bourrasques du jour, une pluie douce s'est insinuée ce soir dans l'air, un de ces crachins silencieux qui ne se contentent pas de tamiser les bruits et de léthargiser la campagne, mais qui désenveniment aussi les âmes vindicatives. Cette bruine sédative finit par m'engourdir. La rémission du jour ajoute à cette paix qui infuse de plus en plus en moi. Comme dirait Lapouyade : « Petite pluie abat grand vent. » J'ai fait une flambée avec de l'acacia mort qui m'a revigoré. Une odeur onctueuse de talc et d'épices orientales s'est dégagée à travers toute la maison.

Depuis ma captivité, je parviens assez bien à contrôler cette passivité et cet abandon qui m'ont sauvé aux heures les plus difficiles. Je ne me suis pas laissé anéantir pour autant dans cette apathie. J'appelais cela « faire la planche », une manière de se déployer dans un état de conscience indéfini : à l'image du corps qui s'étend inerte sur l'eau pour flotter. Une façon de se laisser porter à la surface des choses, sans destination, en oubliant les fonds dangereux, sans autre impulsion qu'une vague perception de l'environnement immédiat. Je discernais les murs de la cellule ou les chaînes à mes pieds sans être infecté par eux. « Disposer l'âme à se défaire de toutes ses affections déréglées », conseille Ignace de Loyola qui compare ces opérations spirituelles à des exercices corporels tels que la marche, la promenade, la course. Il ne parle pas de la natation mais insiste, lorsqu'il traite de contemplation, sur la nécessité de se tenir en équilibre à l'image de la balance. Rester immergé. Surtout pas de gestes désordonnés qui risqueraient de faire tanguer et couler.

Je retrouve ce soir une partie de cette étrange immobilité. Une partie seulement car j'ai cessé d'être un homme dépouillé. Et le bourdonnement soyeux que la pluie répand sur la nature ne ressemble en rien au mutisme angoissant de ma cellule. À présent, je fais la planche sur une eau chimiquement pure.

Peut-être mon goût pour le café provient-il d'un désir inconscient de rompre ce détachement pour susciter une surexcitation qui d'ailleurs ne vient jamais. Quand la mousse crémeuse couleur noisette tirant sur le roux sourd de la cafetière à pression, elle m'apparaît comme une drogue. J'en consomme beaucoup et pourtant je suis toujours engourdi.

Le déclin du jour dépose sur l'airial son ombre protectrice. Les deux platanes qui, avec leur ramure tourmentée, ont toujours l'air d'élever une protestation vers le ciel semblent apaisés. D'ordinaire, les branches tortueuses sur lesquelles on commence à apercevoir le tracé encore léger du feuillage se chamaillent entre elles. Une façon retorse de porter haut, de se redresser avec agressivité, qui signale une nature mécontente et contrariée. On ne se fait pas faute de corriger ces arbres insupportables. Un bon platane en France est un platane amoché. C'est par l'amputation qu'on vient à bout d'un tempérament jugé agressif. On le rosse, on lui démolit le portrait, on l'estropie, mais notre grand mutilé tient le coup. Inutile de dire que les rescapés se rattrapent. Les miens partent dans tous les sens, mais j'ai l'illusion de croire que je les ai apprivoisés. En tout cas, j'ai trouvé auprès d'eux repos et consolation.

## 17

Urbain me surprend assis sous l'auvent dégustant ma dixième tasse de café de la journée. Je n'ai pas entendu la voiture approcher de la maison.

— Alors, on médite dans la paix du soir ?

Je lui en veux un peu de troubler ma solitude. Cette bruine feutrée semble le contrarier. Il a l'apparence agacée du travailleur auquel les intempéries font perdre du temps : il balaie la pluie fine de la main comme si c'était un insecte importun.

— « Alors, on médite… » Je déteste ce « on », cette façon impersonnelle de s'adresser à quelqu'un. « On est un con » est une maxime que me répétait mon rédacteur en chef quand j'étais journaliste débutant.

— T'énerve pas. Je ne suis pas sûr que l'isolement te réussisse vraiment.

— Je ne cherche pas l'isolement mais la solitude.

— Tu joues encore sur les mots.

— Ce n'est pas la même chose. Je vis ici à l'écart, mais je ne refuse pas pour autant la compagnie. Les solitaires sont presque toujours hospitaliers. J'ai seulement besoin de paix, de recueillement. Le dehors m'intéresse de moins en moins.

— Je comprends, tu préfères te contempler. C'est une attitude un peu narcissique, non ?

— Narcisse se contemple dans un miroir, sauf que pour moi le miroir est brisé. J'ignore s'il faut le reconstituer.

La question prend Urbain de court. Cet éloignement volontaire dans une maison en travaux le déboussole. Je l'invite à partager mon repas. À l'évidence il n'a pas trop le cœur ce soir à écouter des paradoxes sur ma « retirade ». Il est très fier de ce vieux mot français. Où a-t-il bien pu le dénicher ? Je ne l'ai jamais vu lire un roman. Ne parlons pas de chroniques ou de mémoires ; Urbain se pique de « lire utile ». Il prétend que la littérature ne sert à rien, qu'elle n'est pas la vraie vie, qu'elle n'a rien ôté ni rien changé au monde. « Tout juste y a-t-elle ajouté des mots avec leur force d'illusion », concède-t-il. J'ai beau lui rétorquer que ce n'est pas rien, il croit que les écrivains ne sont que des prestidigitateurs. Il s'en tient à la lecture de la presse et d'ouvrages professionnels.

La quiétude humide du soir qui tombe tracasse Urbain. Je vois bien qu'à cet instant il a besoin de bruit, de sentir la présence des humains et des lumières violentes. Il a hâte de regagner Bordeaux, de respirer l'atmosphère enfumée d'une brasserie, de s'étourdir du spectacle des visages, du manège des clients, leur apparition, leur installation, leur départ. Je soupçonne Urbain de ne pas aimer la campagne. Il s'y ennuie, il ne l'avouera jamais. Pour lui, toutes les valeurs de l'existence, loisir, beaux-arts, politique, sont essentiellement d'essence urbaine. Sans parler des femmes. Il est certain qu'il n'en a jamais trouvé une dans la cambrousse — Urbain court la prétentaine, c'est un errant de la chair du genre énigmatique. Il sait que la maison de campagne, cette invention moderne pour l'homme stressé, n'est qu'une illusion de plus. À cultiver soigneusement cependant. La chimère du grand air, des grands espaces, des grands arbres, Urbain veut y adhérer. Il faut bien se ressourcer quelque part. En vérité, il ne tient pas en place. Il déserte sa bergerie sous le moindre prétexte, à la recherche d'une brocante improbable ou d'une corrida à l'autre bout du département (les Landes sont très vastes, deuxième département en superficie après la Gironde). Méfiance quand quelqu'un vous dit : « J'adore la campagne », c'est souvent une dénégation.

J'ignore pourquoi il est venu me rendre visite ce soir. À peine a-t-il inspecté les travaux. Je dois en conclure qu'il s'est déplacé pour moi, uniquement pour voir comment je me comportais dans la grande maison vide.

— Pas de problème, Urbain. Tu peux y aller : tout va bien.

Il n'est pas convaincu. Je le sens hésitant. Sa sollicitude me touche, mais il se trompe. Il s'imagine dans ma situation et cela l'angoisse. Il abhorre la solitude, synonyme de « bourdon ». « C'est le bourdon », dit-il quand le monde qui l'entoure n'émet plus aucun bruit. Il aime ce qui circule et crépite, l'odeur tiède du métro, la foule, les happenings, la fête. Les Landes, c'est pour lui comme la famille. On doit l'aimer, on ne l'a pas choisie. Il s'est donné nombre de raisons pour justifier cet amour. Il parle très bien de sa région, mais il est irrémédiablement un homme des villes. Avec un tel prénom, il n'a guère le choix.

Un claquement de portière, le pinceau des phares effleurant les épicéas, le bruit du moteur qui s'éloigne : Ben Hur va enfin retrouver les lumières de la ville. Il pense à la belle qu'il invitera au restaurant. Il y aura toujours une solution de remplacement. À supposer qu'il épuise sa liste de copines, il pourra faire appel à ses innombrables copains — Urbain a beaucoup de « potes ».

« Mais pourquoi s'emprisonne-t-il une seconde fois ? », a-t-il demandé l'autre jour à Joëlle. Elle lui a expliqué qu'une prison où l'on s'enferme de son plein gré ne saurait être une prison. Elle a ajouté : « Aujourd'hui beaucoup de gens s'enchaînent aussi à l'extérieur de la cage. » Je crois qu'il déteste ce genre de paradoxe.

Dans le calme du soir, les grands pins noirs renvoient vers la maison une odeur profonde de sous-bois. Une odeur qui souligne un silence duveteux et régalant. Le contraire du vide, du manque. Un silence vivant, balsamique. L'absence totale de sons accentue la pureté du soir. Le mutisme va bien à cette maison calme qui recueille le parfum résineux de la forêt. On dirait qu'elle est posée sur un tapis satiné. Elle fait paisiblement corps avec la surface herbeuse. Elle n'écrase ni le sol ni le paysage.

Je paresse devant la cheminée. Le bois de chêne brûle en gardant son intégrité malgré la dévoration de la flamme. Il développe une note rugueuse, astringente comme du brou de noix.

Un peu de Virgile avant de m'endormir. Avec lui le marchand de sable arrive très vite. Je ne peux pas dire que ce texte me passionne. Néanmoins je me prends au jeu. Je comprends pourquoi : l'incrédulité ne s'est pas encore insinuée dans les âmes. Monde de dons et de promesses. Peut-être pas l'aube ni même le matin de l'aventure humaine : la création dans son adolescence. Au-delà des images et des adjectifs convenus (« rocs menaçants », « rocher solitaire », « molle fougère »), les vers possèdent une solidité reposante et tonique, un monde propice à un sommeil délassant, limpide, sans cauchemars. Je suis persuadé que c'est la bonne humeur de Virgile qui me procure ces nuits sereines. Bon, dans *Les Géorgiques*, le commerce de l'homme avec la nature n'est pas toujours facile. L'être humain doit se battre, affronter les éléments, mais son opiniâtreté finit toujours par payer. Car la nature est bienveillante et juste. Le résultat est toujours proportionné à l'effort de l'homme.

# 18

Je me lève à l'aube. La lumière du soleil irradie la pièce aux murs nouvellement peints. Je fais le café et déguste une première tasse dans la fraîcheur du matin. J'enclenche ensuite mon premier *Retour de Tobie* de la journée.

J'ai de plus en plus l'impression que Pollux avec sa pipe en maïs au bec pose en proconsul des Tilleuls. S'est-il identifié pour une raison que j'ignore à Douglas MacArthur ? « Pourquoi un maçon lando-portugais ne connaîtrait-il pas MacArthur ? m'a objecté Joëlle l'autre jour. Il l'a peut-être repéré à la télévision. Tout le monde a vu les images de la reddition avec les Japonais en haut-de-forme. »

Elle a probablement raison. Ce matin, la ressemblance est hallucinante. Il est arrivé, désinvolte, un bâton à la main, s'y appuyant à l'arrêt avec une extraordinaire aisance. Il ne manque plus que la casquette et un corps sans doute plus épais.

Il sait pourtant faire bouger le sien avec souplesse et naturel.

Castor le dompteur, Pollux le pugiliste. Qui sont-ils en fait ? « Il fait beau », a encore répété Castor ce matin. C'est indéniable : il fait beau. Deux Mirage jaillissent dans le ciel et passent au-dessus de la maison dans un bruit de tonnerre. Castor applaudit en s'écriant : « Mont-de-Marsan ! » Je comprendrai plus tard qu'il s'agit de la base aérienne de Mont-de-Marsan et que cet exercice est un signe indiscutable de beau temps dans les Landes. Ces survols me rappellent les passages de la chasse israélienne au-dessus de la bâtisse où nous étions détenus au Sud-Liban. Nous entendions les avions faire du rase-mottes : n'allaient-ils pas viser cette maison suspecte abritant une base du Hezbollah ? Ce grondement presque quotidien nous remplissait d'angoisse. Il s'accompagne d'un sifflement et d'une stridulation d'autant plus insupportables qu'on ne voit rien. Une telle énergie ne peut être suivie que d'une déflagration. Heureusement tout se passe très vite. À peine l'effet d'intrusion se produit-il que l'éructation est déjà loin.

Le dôme bleu du ciel, sa pureté et ce malheur ancien : difficile de les séparer. Je ne parviens pas encore à vivre l'instant. Il suffit d'un rien pour que le présent s'enfuie vers le passé. Il détale peureusement pour se réfugier dans le trou noir que je n'ai pas tout à fait quitté. Comment contrôler ce mouvement qui veut toujours me ramener en arrière ?

À la radio, Rafsandjani, le gros chat au regard endormi et féroce, appelle les Palestiniens à tuer des Américains, des Britanniques ou des Français et à attaquer leurs intérêts dans le monde. Je me le figure avec son turban mal enroulé et toujours de travers dissimulant un crâne à moitié pelé. Les quelques cheveux en bataille font ressortir une tête froide alliée à un tempérament cauteleux et tourmenté.

Les acacias sont en fleur. L'odeur langoureuse des longues grappes pendantes attire des nuées d'abeilles. Une rumeur s'est installée autour de la maison. C'est un ronronnement discret, presque imperceptible. Il faut prêter l'oreille pour percevoir la vibration de l'immense usine. Les milliers de paires d'ailes diffusent dans l'air un friselis dont la monotonie me berce. Dans l'ancienne Égypte, l'acacia signifiait la régénération. Son bois est réputé imputrescible. Une légende veut que la couronne d'épines coiffant la tête du Christ, lors de la Passion, ait été en acacia.

Longues journées de lecture à l'ombre des deux platanes. Je sens leur présence bienveillante, commençant à saisir la musique secrète des feuilles qui viennent de se dégager des bourgeons. Sous la frondaison, je guette les silences, la cadence, les motifs, les gammes par tons. Chaque platane possède son chant propre et son rythme. La brise peut murmurer au sommet de l'un et négliger l'autre. Pourtant ils se touchent et s'enchevêtrent encore plus étroitement depuis la feuillaison.

Parfois une clarté imprévue anime violemment leur âme végétative. Les branches se soulèvent, le houppier se torsade. On dirait que les deux platanes veulent extérioriser quelque chose. Mais quoi ? Les membres brassent l'air. Il y a une impuissance pathétique dans cette convulsion désespérée. Ça y est, me dis-je, un événement se prépare. L'un d'eux balbutie ; c'est sûr, il veut échanger. Mais la tentative dure peu, la ramure se balance avec hésitation. Le tronc et les branches maîtresses essaient encore un mouvement qui ressemble à un dandinement. L'effort a été vain. Le vieil arbre se recroqueville, un peu honteux. Ce sera pour une autre fois.

Les lumières de fin d'après-midi sont propres à ces bredouillements toujours avortés. La colonne vertébrale du fût s'anime, impulsant à la cage thoracique l'immense frémissement foliaire. Cette transe et le découragement à transformer le principe vital qui s'ensuit me bouleversent au plus haut point. Les milliers de feuilles qui paraissent comme autant de fanions au vent produisent pourtant un sentiment d'euphorie. Cela n'a évidemment rien à voir avec le murmure du vent dans les arbres. Cette activité qui survient à chaque instant du jour et de la nuit est banale. Le souffle dont je parle est différent. Il éveille l'arbre de l'intérieur, agissant comme un influx nerveux. J'ai toujours pensé que dans l'Écriture, les chênes de Mambré s'animaient ainsi. Ils s'agitent pour avertir Abraham de la présence divine, c'est un signe de promesse. Ainsi annoncent-ils la naissance prochaine d'Isaac.

De quoi peuvent bien m'aviser mes deux platanes aux gros pieds ongulés ? Je n'attends rien. Je réapprends le monde en épelant comme un enfant : nuages, arbres, ciel, vent... C'est si agréable d'ânonner ces noms et de savourer leur pouvoir. Je suis dans un état de confiance absolue avec cette maison et cet airial. Il est bien connu que l'homme seul n'a pas de désirs, il n'a que des besoins.

Cette nuit, le vent venu de l'océan s'est levé. Vers minuit, il s'est mis à forcir. Ce déchaînement inattendu me tient longtemps éveillé. La tempête fait trembler les portes, vibrer les vitres, vagir le moindre interstice. Les coups évoquent un barrage d'artillerie roulant sur la maison.

Ce sont les tempêtes d'équinoxe. L'ouragan pilonne les Tilleuls toute la nuit. À chaque déflagration les murs répandent un grondement sourd qui transmet un écho à travers les pièces. Vers 4 heures du matin, les salves diminuent en intensité pour s'éteindre sans cesser pourtant tout à fait comme si la batterie des vents visait un nouvel objectif. Ne subsiste plus qu'un bruit profond de soufflerie presque paisible qui finit par m'assoupir.

Ce matin, des centaines de branches gisent par terre. Leur écorce, mal sectionnée, est déchirée comme après un bombardement. La tempête a laissé dans l'air une odeur marine de laminaires — l'océan n'est qu'à une trentaine de kilomètres. L'empreinte saline finit par s'évanouir au milieu de la journée. J'ai allumé un feu plus tôt. À présent, je sais mieux choisir les essences, distinguer le type de combustion et l'odeur qui s'en dégage. Je me trompe souvent, le bois mort n'étant pas toujours identifiable. Aujourd'hui le tilleul — combustion facile et absence de fumée — me convient. Il diffuse des notes lisses et transparentes.

## 19

Cet après-midi, alors que je lisais sous mon platane, une voix m'a fait sursauter. Je me suis retourné : la jeune sœur du Voisin. Elle tient le guidon de son vélo du bout des doigts avec élégance. Elle est drapée d'un paréo noué sur un vieux short qui part en haillons et flotte sur ses cuisses musclées. Plus du tout le genre serre-tête versaillais et collier de perles : une sorte de vahiné sylvicole.

— Comment va l'anachorète des Tilleuls ?

— Mais c'est tout le contraire. Je mène la bonne vie ici : lecture, promenade et une bonne bouteille de bordeaux le soir.

— Une bouteille à vous tout seul, pouffe-t-elle, c'est beaucoup, vous ne trouvez pas ?

— J'en laisse un peu, un tout petit peu. Rien, quand c'est du Palmer. Une bouteille comme celle de l'autre soir est hors du commun. Votre frère et votre belle-sœur nous ont gâtés.

Je lui fais faire le tour de l'airial mais elle veut voir la maison. Elle identifie savamment le moindre détail du dallage, des plafonds et des éléments décoratifs comme si elle connaissait déjà l'intérieur. « Une demeure typique de notables de la fin du XIXᵉ siècle : un fond landais évident avec l'ambition d'imiter la maison bordelaise. Voyons le premier étage. »

— C'est un chantier. Ils ne veulent pas qu'on les embête.

— Qui ça « ils » ? Qui cachez-vous en haut ?

— Je ne cache personne : ce sont des ouvriers de l'entreprise Calasso. Ils travaillent très bien, mais ils n'ont pas envie d'être dérangés.

— Comment ça, « dérangés » ! Vous êtes chez vous, non ? J'en conclus que vous ne tenez pas à ce que je visite cette partie-là.

Quel sans-gêne ! Elle devrait savoir qu'on ne laisse pas si facilement les gens s'introduire dans une maison, fût-elle en travaux.

— C'est un vrai bordel ! dis-je.

— Vous ne croyez pas si bien dire.

— Ah, vous êtes au courant ?

— Ici tout se sait.

— « Ici tout se sait » ! Voilà bien une phrase typique de la province. Ce n'est pas un de ses aspects les plus plaisants.

— Il ne fallait pas choisir la province, dit-elle d'un ton très amène. Cela a aussi de bons côtés :

les gens connaissent la solitude de l'un ou la maladie de l'autre. Tout un réseau de solidarité souvent discret se manifeste. Cette phrase qui vous agace tant crée aussi du lien social, comme on dit aujourd'hui. Évidemment, tout le monde ici sait qui vous êtes et ce que vous faites.

— Si je comprends bien, je suis surveillé.

— Non pas surveillé mais étudié, considéré. Dans n'importe quel village de France, on agit ainsi. Ce n'est pas seulement de la curiosité. C'est aussi une forme de civilité. Il est normal de marquer de l'intérêt à l'égard du nouveau venu. En choisissant de venir vivre chez nous, vous nous manifestez de l'attention. L'indifférence serait un signe d'impolitesse. Nous vous devons des égards. Cela n'empêche pas qu'on veut savoir à qui on a affaire. On trouve ainsi que vous n'êtes pas très liant.

Elle a une façon abrupte et cordiale de dire les choses. Une absence totale de tact. On dirait qu'elle s'est fait une règle de cette rude extériorité par peur de passer pour hypocrite.

Pas très liant, en bon français, cela signifie désagréable. Je répugne à employer le mot car elle risque de se fermer.

— Vous voulez dire froid, dédaigneux !

— Non, mais réservé. Votre femme paraît moins distante.

— J'en ai marre, fais-je avec une inflexion faussement plaintive. Je passe toujours pour pisse-froid et ma femme pour quelqu'un de chaleureux.

— Ce n'est pas le cas ? s'esclaffe-t-elle.

— C'est plus compliqué.

— On dit toujours cela. Au fond, ces vérités-là sont simples.

— Vous n'avez pas tort. Il est certain que cette réputation parfois m'arrange.

— C'est ce qu'on appelle une bonne répartition des tâches. J'ai bien compris que ce fonctionnement vous protégeait.

— Fonctionnement ? Vous savez qu'il n'y a rien de prémédité dans cette attitude. Il paraît que j'ai toujours l'air ailleurs.

— Je me méfie des gens distraits. Ils sont inattentifs parce qu'ils ne sont préoccupés que d'eux-mêmes. En fait, c'est leur ego qui les absorbe.

Qu'en sait-elle ? Encore cette absence de tact. Elle ne manque pourtant pas de finesse. Peut-être pense-t-elle que nous assistons au crépuscule des conventions. Et que la brutalité est l'expression d'une certaine vérité.

— Au moins, vous n'y allez pas par quatre chemins. Où avez-vous trouvé cela ? À vous écouter, mon étourderie ne serait qu'une forme de narcissisme. On peut être dans la lune sans nécessairement penser à soi.

— Quelle véhémence ! Je ne voulais pas vous vexer. Bon, dit-elle sur un ton enjoué qui signifie « brisons là ». Voyons ce premier étage.

Castor et Pollux qui nous ont entendus monter se tiennent en haut de l'escalier jonché de raccords en cuivre, de coudes, de manchons. Ils n'ont pas l'air menaçant, plutôt sur le qui-vive comme s'ils défendaient leur domaine. Ils changent de visage dès qu'ils découvrent la cyclotouriste en paréo.

— Mais on se connaît ! s'exclame-t-elle. On se connaît même très bien. Mes deux apiculteurs du marché de P. !

— Bonjour madame, salue Castor.

— Comment allez-vous ? ajoute aussitôt Pollux en ôtant son bonnet.

Je m'aperçois qu'ils savent appuyer normalement sur les mots sans bougonner comme ils se plaisent à le faire avec moi.

— Apiculteurs ! dis-je en aparté. Voilà qu'ils sont apiculteurs à présent.

— Qu'y a-t-il de surprenant ? On peut avoir des ruches tout en étant plâtrier ou maçon. Apparemment, vous n'êtes pas partisan du mélange des genres. L'apiculture constitue aussi une distraction, ou une activité secondaire. Elle peut même s'avérer rentable, n'est-ce pas, dit-elle en affectant de ne pas s'adresser à eux.

Elle a raison. Je me suis toujours fait des idées sur les deux employés de l'entreprise Calasso. Tout de même, je ne les imaginais pas en masque de tulle avec un enfumoir à la main. Il y a une composante paisible dans cette activité qui ne correspond pas au panthéisme plus ou moins fanatique que je leur supposais. Il me semblait que le ballet des abeilles autour des fleurs d'acacia, spectacle que je ne me lasse pas d'admirer, les laissait indifférents.

Elle m'explique qu'ils tiennent à tour de rôle un petit stand au marché chaque dimanche.

— Leur miel est le meilleur de la région. Il est sombre et corsé. C'est un miel de bruyère.

Castor et Pollux précèdent respectueusement la vahiné landaise. Avec ses voiles, elle fait plutôt songer à une danseuse orientale. Elle laisse derrière elle une note de vétiver légèrement boisée. Ce parfum traînant et âpre va bien à sa nature sylvestre.

— Mais c'est pratiquement terminé ! s'enthousiasme-t-elle. Plus qu'une affaire de jours à présent.

— De jours ! C'est peut-être exagéré, mademoiselle, tempère Pollux d'un ton posé que je ne lui connaissais pas.

— Alors, c'était là le foutoir.

— Quel foutoir ? interroge Castor. Il y avait un peu de désordre, c'est vrai. Mais pas plus qu'ailleurs.

— Vous m'avez mal comprise. Je veux parler du bordel.

Castor et Pollux ne sont visiblement pas au courant du luxurieux passé de la maison qu'ils restaurent.

— Il paraît que ça n'a pas duré toute l'Occupation, dis-je. Deux ou trois ans, je crois.

— Pourquoi minimiser cet épisode ? Assumez, cher voisin ! La débauche fait partie de ces murs.

— Je ne cherche pas à diminuer ce passé dissolu. Cela m'amuse bien. J'assume totalement, comme vous dites. Mais j'ai horreur du mot assumer.

Aujourd'hui tout le monde prétend assumer : les hommes politiques, les grands patrons, les riches, les assassins. On assume mais sans complément. Personne ne s'avise de préciser ce qu'on endosse. On assume, un point c'est tout. Mot incantatoire, vague, qui permet en fait de dégager tout risque. Une fois qu'on l'a prononcé, on est quitte.

— Vous n'allez pas monter sur vos grands chevaux !

— Ça n'était jamais qu'un boxon pour les officiers de la Wehrmacht. Une maison borgne de la France occupée.

— Je vois. Ce qui vous gêne ce n'est pas le bouic, mais les boches. L'amour tarifé pour nazis en goguette.

— J'ignore si ceux-là étaient des nazis.

— Mais ils l'étaient tous, dit-elle avec une dureté inhabituelle. En tout cas, tous marchaient dans leur jeu. C'est vrai, ils ont protesté. Mais, après coup, une fois Hitler vaincu.

— Dites donc, vous avez l'air remonté.

— Notre famille, comme beaucoup d'autres, a souffert de cette guerre. Elle a laissé des traces très profondes dans la Haute Lande. D'ailleurs c'est toujours un sujet tabou. Vous connaissez bien sûr l'affaire Grandclément qui a été exécuté tout près d'ici. Exécuté ou assassiné, c'est selon. Quand la génération des acteurs et des témoins de cette période aura totalement disparu, le rideau de fumée se dissipera. Alors on pourra entreprendre d'écrire l'histoire véritable. Regardez 14-18 : les survivants vont bientôt se compter sur les doigts d'une main. Ce n'est que maintenant qu'on commence à entrevoir ce qui s'est réellement passé.

— Ce n'est pas comparable, les choses étaient plus simples.

— Pas tant que cela. On a longtemps dit que les poilus étaient consentants, que dans leur immense majorité, ils adhéraient à la guerre. En fait, on s'aperçoit qu'ils étaient contraints.

— Est-ce qu'on peut faire tenir des millions d'hommes pendant quatre ans rien que par la

160

discipline ? Il faudra que vous m'expliquiez ça un jour.

— La contrainte peut aussi s'exercer par l'obligation morale et la dépendance au groupe.

— C'est vrai, c'est un débat passionnant que nous aurons l'occasion, j'en suis sûr, de poursuivre ailleurs qu'au milieu de ce chantier.

— Vous avez raison, rougit-elle. Je m'emballe et j'oublie le but de ma visite. D'autant que j'ai insisté lourdement pour voir ce premier étage.

Nous nous frayons un chemin à travers un assemblage de fils électriques, de bagues de serrage, de tubes plastique, de laine de verre. On a beau m'annoncer la fin imminente des travaux, j'ai toujours du mal à en apercevoir le point final.

— C'est peut-être que vous n'avez pas envie que cela se termine.

— C'est bizarre, tout le monde me dit cela.

— Ça crève les yeux. On vous sent parfaitement à l'aise au milieu de ce désordre. Cette solitude qui est recherchée, mais non pas subie, cette cohabitation avec les deux ouvriers, tout cela vous plaît trop. Chacun est dans son coin. Vous êtes isolé mais pas tout à fait. Un peu esseulé mais votre femme vient vous voir le week-end. Une manière de tout contrôler. Je suis sûre que vous vous prenez parfois pour Robinson Crusoé, un rêve de vie naturelle au milieu des pins. Un Robinson Crusoé à solitude variable.

Étrange, ce qu'elle vient de dire. C'est à la fois faux et terriblement juste. Je n'ai jamais pris les Tilleuls pour l'île de Robinson. Mais pendant ma détention, il m'arrivait de m'identifier au héros de Daniel Defoe. Je me reconnaissais dans ce terrible naufrage, cette vie sauvée in extremis, cette absence d'un autrui bienveillant. Je me sentais comme lui, démuni. Par l'exercice quotidien du souvenir et de la méditation, j'avais fini par reconstituer un univers civilisé ressemblant à celui du héros de Defoe. Du moins me l'imaginé-je ainsi : il est nécessaire de se duper pour survivre. Manquer d'illusions, c'est mourir. Je me prenais aussi pour le perroquet de Robinson. Couler, s'en sortir de peu. Ce que j'ai pu me répéter ! On n'en finit pas de rabâcher les mêmes phrases. Et qui jouait le rôle de Vendredi ? Moi encore. N'avais-je pas réussi à m'inventer une compagnie, un autre moi-même ? Comme Robinson d'ailleurs qui avait fabriqué ce personnage du bon sauvage se prêtant à toutes ses fantaisies.

— Vous voulez dire que je joue sur l'ambiguïté ?

— Non, mais vous semblez vous complaire dans l'entre-deux, à mi-chemin du temporaire et du définitif, une sorte de clair-obscur. À l'image de cette maison : les lumières du neuf, les ombres de l'ancien. On dirait que vous n'avez pas envie de choisir.

— Vous avez raison. Le premier étage correspond tout à fait à cet état incertain. Au fond, je ne suis qu'un amateur.

— Quelqu'un qui manque de sérieux ?

— Sans doute. Vous avez vu le souk ? J'aime bien cette ambiance. C'est une manière à moi d'accepter le principe de contradiction. L'amateur n'est pas irrésolu mais double. Deux réalités opposées peuvent vivre en bonne intelligence. Se situer entre le temporaire et le définitif, comme vous dites, il n'y a pas de plus beau programme.

— Oh, ce n'est qu'une formule. Dans les faits, ça risque d'être problématique.

— Vous vouliez à tout prix visiter, vérifier l'état des travaux. Je ne suis pas sûr que cela en valait la peine.

— Détrompez-vous. Cette maison possède un charisme indéniable. Elle a le charme des maisons longtemps endormies qui se réveillent. C'est vous qu'elle attendait. Mais ne la brusquez pas.

— Que voulez-vous dire ? La remise en état vous paraît brutale ? Rien n'a été détruit. La disposition des pièces est la même qu'auparavant.

— Non, non, tout est parfait. Mais mes deux apiculteurs m'ont tout l'air de vouloir faire table rase du passé…

— Il faut parfois les freiner. Ils ont détruit le potager de la cuisine. Selon eux, il ne servait plus à rien.

J'avais fini par oublier cet épisode. En Gascogne, le potager désigne une sorte de fourneau. À la campagne, il servait autrefois à tenir au chaud les aliments dans des pots — d'où son nom. Le mien, qui était agrémenté de délicats carreaux en faïence, fut détruit en un après-midi. J'étais effondré. Urbain obligea non seulement Castor et Pollux à le reconstituer, mais à en aménager un second pour leur peine avec des carreaux identiques retrouvés dans une brocante. Ce nouveau potager qui fait encore plus vrai que l'autre est l'une des fiertés d'Urbain.

## 20

La radio de Castor et Pollux, plus bruyante depuis quelques jours, annonce que des milliers de musulmans manifestent à Londres devant Westminster aux cris de « Rushdie pourriture » et « Abattez ce chien ».

— Qu'en pensez-vous ? dit la vahiné d'une voix précautionneuse.

— Ce Rushdie est dans une situation horrible. Comme nous, il a été choisi au hasard. Et ils ne le lâcheront pas.

Après tout, qu'est-ce que j'en sais ? Que vaut mon expérience ? Mes trois années passées avec les intégristes autorisent les gens à solliciter mon avis. Ils pensent que je suis un spécialiste. L'almée s'est mise à rougir. Elle est gênée d'avoir posé une telle question. Avec son paréo trop ample qu'elle ne parvient pas à draper, on dirait une Salomé s'apprêtant à exécuter la danse des sept voiles. Elle dit que l'histoire est « tragique ».

J'ai envie de lui répondre que l'histoire n'est pas une chose abstraite venue de l'extérieur pour dominer les hommes mais qu'elle vient d'eux, de leur être profond. Je pourrais lui dire aussi que l'amateur est le contraire du fanatique. D'un côté la tolérance, le consentement à la vie, de l'autre la paranoïa, le narcissisme. Néanmoins ce n'est ni le lieu ni le moment d'engager cette discussion. J'ai oublié de préciser que cette jeune agrégée vient d'être nommée prof d'histoire à Bordeaux.

— Bon, il faut que je file, dit-elle en essayant d'ajuster autour de sa taille l'étoffe légère et transparente.

Toujours cette brusquerie qu'elle doit prendre pour l'expression du naturel. Castor et Pollux sont déçus — Pollux surtout qui voulait sans doute lui faire les honneurs du chantier. Il me ferme la porte au nez comme si j'étais responsable de ce départ soudain.

Ce soir, le silence est retombé sur les Tilleuls. Les jours sont de plus en plus longs. La paix du crépuscule renvoie des sons très doux : jappements lointains, bruissement flûté des pins, ronronnement d'un moteur. Ma voisine a raison : ce retranchement n'a rien d'un exil. Je le savoure, même si quelque chose en moi s'en défie. Il m'apparaît comme le signe d'un manque, d'une mutilation. L'homme a besoin du commerce de ses semblables, il ne peut se satisfaire de la fréquentation de quelques êtres chers et du face-à-face avec une bicoque. J'ai entamé avec elle un captivant dialogue de sourds. Elle s'est réveillée de son sommeil. Je la sens souvent indifférente à sa métamorphose, insensible aux embellissements pratiqués sur elle. Ce désintérêt est peut-être la marque de nos deux solitudes.

J'ai adossé sur elle un vieux banc retrouvé dans la grange. Cette position d'appui très confortable pour savourer mon havane me permet de regarder bien en face les deux platanes ainsi que les deux palmiers. Les feuilles rigides de ces derniers produisent un curieux martèlement, un bruit de papier froissé qui contraste avec le frémissement infiniment gracieux des platanes ou des chênes. Le magnolia émet pour sa part une sorte de vibration cartonneuse tout aussi disgracieuse qui fait songer à du cuir séché.

Je sens sur ma colonne vertébrale la froideur du mur mais ce n'est pas une froideur inamicale. Un peu distante, la vieille demeure en a vu d'autres. Elle est prudente. Je suis l'usurpateur. Elle ne va pas tomber dans les bras du premier venu, fussent-ils ceux de son nouveau maître. Le droit de propriété n'autorise pas le droit de se laisser posséder.

Je me souviens de cet ami qui avait acheté la maison de ses rêves. Belle, calme, elle lui avait fait les yeux doux au premier contact. Il l'avait

adorée aussitôt. Sa femme avait été tout aussi
séduite. Lors de ma première visite, il venait
d'emménager, il était tout à sa maison. À certains
moments, je le sentais pourtant absent, nerveux,
puis l'enthousiasme reprenait vite le dessus.
Quelques semaines plus tard, je fis un deuxième
séjour chez lui. Il était tourmenté. Avec sa femme,
il avait pourtant organisé leur résidence de la
manière la plus harmonieuse qui soit. Tout y était
parfaitement ajusté : l'utilisation de l'espace, le
mobilier, la décoration. Comme je lui demandais
les raisons de son insatisfaction, il me répondit :
« Elle me met mal à l'aise, elle est si froide. »
Quelques mois plus tard, je fis une halte dans la
maison, curieux de savoir si les relations s'étaient
améliorées. Il était apaisé. Tout paraissait rentrer
si bien dans l'ordre que je ne songeai pas à l'inter-
roger. Six mois plus tard, il m'apprit qu'il
avait vendu la maison. « Mauvaises vibrations »,
expliqua-t-il laconiquement. Par goût de l'irra-
tionnel, nous avons besoin de croire à ces ondes
favorables ou néfastes. Pour ma part, je me fie
plutôt à l'empreinte. La présence que laissent derrière eux les occupants successifs d'une maison.
Cette trace est indélébile. Je comprends pourquoi
les gens préfèrent construire une maison neuve.

Ces premières semaines sont capitales pour
moi. Je veux vivre en bonne intelligence avec
mon nouveau point d'attache et avec les marques

laissées par les gens qui y ont vécu. Je ne suis pas trop inquiet car je le sens plutôt en demande — n'a-t-il pas usé de feintes comme la fausse fenêtre pour me séduire ? Cependant il convient de ne pas crier victoire trop vite.

## 21

Vols de chauves-souris autour des platanes et de la maison. Le battement est lourd, maladroit avec de brusques descentes planées — peut-être n'aiment-elles pas trop la fumée de mon havane. Il y a quelque chose de touchant dans leur mouvement éperdu. Ce sont probablement des pipistrelles. Elles vont et viennent, décrivant toujours la même trajectoire autour des arbres. Cette course manque d'aisance, mais dans le jour finissant elle ajoute à la paix des Tilleuls.

Virgile est devenu ma drogue. Dire que je me défonce à coups de vers des *Géorgiques* serait un peu poussé. Mais j'aime ce rite qui précède et prépare le sommeil. Mes nuits sont de plus en plus fluides, à l'image de cette poésie champêtre. Je m'endors avec la vision d'arbres qui sont des êtres vivants au même titre que les animaux. La nature virgilienne a des liens très profonds de solidarité avec les hommes. C'est un échange constant, égalitaire, entre la terre, les plantes, les bêtes et les êtres humains. Je ne suis pas sûr que Virgile croie aux nymphes, à ces personnages censés incarner l'océan, la terre ou les ruisseaux, mais il sait parfaitement ce qu'apportent ces mythes à la fragile traversée que nous effectuons sur terre. Moi-même, je m'y laisse prendre. Le grand Pan, divinité rustique, familier des sources et des bois n'est pas mort. Il me plaît de l'imaginer secouant les branches de mes deux platanes. On sent pourtant que Virgile, ami d'Octave qui deviendra l'empereur Auguste, vit dans une période trouble. Il ne dore pas la pilule de ceux qui le lisent. Son parti pris d'optimisme est aussi une manière de lutter contre la fatalité, c'est un acquiescement à la vie. J'aime cet allant et cette modestie traduisant le bonheur d'être vivant.

On le voit impavide dans l'un des premiers tableaux de Delacroix, *La Barque de Dante*, saisissant d'un geste protecteur la main gauche de l'auteur de *La Divine Comédie*. Dans sa navigation à travers l'Enfer, Dante ne choisit comme compagnon ni Homère ni Horace mais Virgile. Pourquoi ? C'est le coéquipier idéal : il connaît tout le monde, il n'a jamais peur, il nomme instantanément ces ombres tourmentées.

Delacroix le représente au moment du chant VIII alors que la cité infernale de Dité brûle au loin. Les damnés tentent de monter dans la barque qui tangue dangereusement. Dante panique. C'est sûr, ils vont verser dans l'eau morte et fangeuse, mais Virgile le rassure une fois de plus : « Ranime ton esprit harassé et nourris-le de bonne espérance. » *Ciba di speranza buona*. Pour Virgile, il n'y a jamais de situations désespérées, il n'y a que des hommes s'interdisant la *speranza buona*. Dante le fait parvenir jusqu'aux portes du Paradis. Il ne pourra pas y pénétrer car il est païen.

Virgilien, cet adjectif m'a toujours émerveillé. Je n'ai jamais su ce qu'il signifiait exactement : un idéal de vie agreste, quelque chose de pur, tendre et bucolique à la fois. La nostalgie d'un âge d'or. Comme il est agréable de s'endormir avec un adjectif si peu altéré.

Ce matin, un camion des Pépinières Arnaudin est venu déverser du terreau autour de la maison. Le sol des Landes est pauvre. « Si tu veux que ça pousse, il te faut de l'humus », m'a prévenu Urbain. La benne fait un bruit terrible. L'airial est sens dessus dessous. Ce qui me surprend le plus, c'est que le vacarme n'intimide pas les oiseaux. Dans les temps morts, on entend leur chant comme si de rien n'était : le roucoulement un peu nasal de la tourterelle, le ricanement du pic-vert, les trilles de la mésange bleue. Je pense à Jacques Delamain et à son *Journal de guerre d'un ornithologue*. En

14-18, il est artilleur. Son unité est postée dans la vallée de l'Aisne. Il décrit des passes d'artillerie très violentes avec des notations comme celle-ci : « Une hypolaïs polyglotte chante sous le départ des coups de 90. » Ou encore : « Les moineaux piaillent, pendant que le bruit des 75 déchire l'air. » À Verdun, au cœur de la dévastation, le petit égrènement du rouge-queue noir annonçant le printemps le met en joie. Il regarde la guerre bien en face, mais n'en veut retenir que le ballet des oiseaux et la pérennité de la nature. Souvent la brutalité du réel surgit au détour d'une phrase : « Attaque de Montdidier, le canon tonne sans arrêt depuis hier soir et les départs des gros coups font vibrer les vitres de la salle d'école. »

Ce Jacques Delamain, héritier d'une des plus belles maisons de Cognac, était le beau-père de Jacques Chardonne. Ce dernier l'a décrit dans *L'Épithalame*. « Il est le Chardin de notre littérature. » C'est chez Delamain que j'ai appris non pas à identifier les oiseaux — cela implique un savoir-faire scientifique qui m'échappe — mais à les observer et surtout à les écouter. Au fond, tout se tient. Cette façon de comprendre la nature, ce sens du féerique, ce don de sympathie, cet art de choisir le détail expressif sont éminemment virgiliens. La bienveillance et la ponctualité des saisons contrastent avec l'incohérence des hommes.

« Vous pouvez m'en croire, c'est de la bonne terre. Avec cela, vous aurez une belle pelouse », murmure une voix dans mon dos. Je n'en crois pas mes oreilles. C'est Castor qui me regarde avec ses gros sourcils neigés d'éclats de peinture. Depuis le passage de la Salomé landaise, ces deux-là ne sont plus les mêmes.

— Qui vous dit que c'est pour une pelouse ?

— Oh ! Monsieur ! On voit bien que vous voulez remettre en état cet airial. Et un airial sans herbe, c'est un peu croupignoteux.

— Croupignoteux ?

— Eh bien, pas beau, raté, monsieur.

Où est-il allé chercher ce mot ? C'est peut-être landais, mais ça m'étonnerait. L'adjectif est expressif en tout cas. Ils vont me rendre fou, ces Dioscures. Et cette façon de m'appeler monsieur, c'est nouveau. Apiculteurs ou jumeaux célestes ? À la fois prosaïques et indéchiffrables. Messagers, intermédiaires, maçons, peintres, agriculteurs, ouvriers à tout faire. J'ai du mal à les situer. J'ai remarqué qu'ils surgissent toujours de façon imprévisible. Et au fait, où est passé Douglas MacArthur ? Normalement, quand on voit Castor, Pollux n'est pas loin. Il jaillit derrière Castor une poignée de terre à la main qu'il frotte du bout des doigts.

— Oui, du bon terreau. Regardez, il est noir, à la fois léger et consistant. Souvent on fait passer de la tourbe pour du terreau. Ce n'est pas la même chose. La tourbe vient de la décomposition des végétaux.

Ils me font maintenant l'article sur le terreau. Que leur importe l'évolution de cet airial ? Comme s'ils avaient lu dans mes pensées, Castor précise :

— On vous dit cela, monsieur, parce que les airiaux font partie du patrimoine landais.

Voilà encore deux motifs d'étonnement en une seule phrase. D'abord, j'ignorais que le pluriel d'airial fût airiaux. Ensuite que le mot patrimoine fît partie de leur conscience historique, ce qui témoigne chez moi d'une arrogance intellectuelle que Joëlle n'a pas manqué de relever. Après tout, pourquoi ces Portugo-Landais ne seraient-ils pas gagnés par le syndrome patrimonial ?

Ils sont insaisissables. Je les imaginais en poseurs de collets, ils sont apiculteurs. J'étais persuadé qu'ils souffraient de troubles du langage, je constate que j'ai affaire à des discoureurs. Je les prenais pour des rustres incultes, voilà qu'ils se donnent pour des défenseurs de l'identité landaise. Ce qui ne cadre pas, c'est l'activisme qu'ils déploient dans la maison : ils veulent tout casser, repartir de zéro. Il a fallu les freiner. Urbain est vigilant sur ce chapitre. Il les a à l'œil depuis le début et a su tempérer une ardeur que je ne m'explique pas.

Parfois je m'inquiète de leur zèle et de leur ascendant sur cette maison. Ils ont ranimé les pièces mortes, remis les murs et les plafonds à neuf, changé la plomberie et l'électricité. Ce faisant, ils ont aussi réveillé les lares des Tilleuls. Dans quelles dispositions seront les esprits protecteurs de ce logis ? L'œuvre de Castor et Pollux est un geste fondateur qui engage le futur de cette demeure.

Ce soir, j'ai découvert sur la terrasse un crapaud. Je lui trouve une bonne bouille avec ses prunelles noires un peu timides. Les pustules ne me gênent pas. Ce qui m'intrigue en revanche, c'est sa peau toute bleue. Un crapaud bleu, ce n'est pas commun. Il avance avec pesanteur, aucunement effarouché. Peut-être a-t-il senti qu'il n'avait pas affaire à un ennemi.

## 22

Au village, je tombe nez à nez ce matin avec
Lapouyade. Voilà une éternité que je ne l'ai vu. Je
suis sûr qu'il va placer un de ses apophtegmes
météorologiques dont il a le secret. « Beau temps
en juin amène pain et vin », énonce-t-il doctement.

C'est pas mal quoiqu'un peu convenu. Au
moins, avec lui, pas de surprises. Même raideur
bon enfant. Même roublardise mélancolique. Une
nouvelle mue toutefois dans la mise. Fini le style
Old England, voilà qu'il arbore à présent un vaste
béret et un gilet aux rayures passées. Les manches
ont rétréci au lavage. Balloon a décidé d'assumer
sa landitude.

Mon village compte deux boulangeries, une
supérette, un magasin de journaux, une bou-
cherie, un café et un restaurant. C'est un de ces
gros bourgs campagnards de la Haute Lande. Il
commence à se lotir en ses pourtours. Cela
m'inquiète un peu. Le café est un ancien cercle

ouvrier qui témoigne du mode de vie communautaire landais marqué par la solidarité et l'entraide. Longtemps pays de métayage, système archaïque où le propriétaire prélève sa dîme, la région a retenti, jusque dans la période de l'après-guerre, de conflits violents entre bourgeoisie terrienne et paysans [1].

Foires, bals, sardinades, « soirées carcasse » continuent de rythmer la vie du village. Quant au restaurant, il possède une belle terrasse ombragée et jouit d'une excellente réputation dans la région. Au milieu de la bourgade se dresse un mirador occupé par le guetteur de feux.

— Alors, les travaux ? Ça se termine ? interroge Lapouyade avec une expression matoise.

— C'est la fin.

— La fin ? Vous voulez dire que vos deux gaillards ont quitté les lieux ?

— Pas encore. C'est une affaire de jours, peut-être de semaines. Je ne sais pas.

— Pardonnez-moi de vous le dire aussi crûment, mais comment vous expliquer ?

Il se gratte la tête.

— Vous êtes naïf. On vous pigeonne.

1. *L'Histoire sociale des Landes* par Jean Cailluyer, Eché éditeur, 1983, et *Le Pin de la discorde* par Francis Dupuy, Éditions de la Maison des sciences de l'Homme, 1996.

D'ordinaire, il n'est jamais agréable de se voir taxer de naïveté. Je lui dis que je prends cela pour un compliment, quitte à passer pour un gogo. Il faut garder ce ferment intérieur que constitue l'innocence. « Heureux les cœurs purs car ils verront Dieu. »

— On dirait un prêche, fait Lapouyade interloqué.

Je renonce à lui expliquer que je crois plus que jamais à ce précepte tiré du *Sermon sur la montagne*. Les êtres qui ont gardé une âme candide en dépit de la cruauté des temps, ceux-là sont « les seigneurs et maîtres du monde ». Si je dis à Lapouyade que j'aimerais leur ressembler, il me prendra pour un fou. Cette simple gratuité de vivre que certains nomment ingénuité désarme et même mystifie. Lapouyade, lui, est d'un tempérament plutôt soupçonneux. Les gens les plus défiants sont souvent les plus bernés. L'attitude de Balloon provoque souvent le doute.

La peur d'être dupe, cette surestimation bilieuse de soi-même, n'est que la forme la plus mesquine de l'orgueil contemporain. C'est le fait des âmes inquiètes et arides qui croient toujours s'en tirer avec le même air entendu. La remarque de Péguy dans *Notre jeunesse* au sujet de la société moderne est très pertinente. Il la caractérise comme « le monde de ceux qui font le malin ». Mais il est difficile aussi d'être le « pain sans levain », symbole de pureté et d'intégrité dont parle saint Paul.

— C'est possible qu'ils me pigeonnent, comme vous dites. Encore faudrait-il préciser ce que vous entendez par là. Personnellement, je suis satisfait de leur boulot. Vous ne semblez pas beaucoup les aimer.

Il se récrie. Que vais-je imaginer ? Non, non, au contraire, il s'est renseigné : il trouve qu'ils font du bon travail. Je ne le crois qu'à moitié. À quoi tient au fond l'antipathie ? Il a pris en grippe Castor et Pollux à cause d'un détail. Lors de leur première rencontre, peut-être l'ont-ils négligé, continuant leur besogne sans faire attention à lui. Il se rembrunit et reprend son air malheureux. À l'évidence cette maison continue à le chiffonner. À cause de cette contrariété, je suis sûr qu'il a renoncé à me rendre visite.

— Monsieur Lapouyade, pourquoi ne venez-vous plus me voir ?

— Beaucoup de travail… Nous ne suffisons plus à la demande. Vous ne me croirez pas, mais les Landes sont en train de devenir à la mode. Et pourtant, c'est spécial.

Il adopte son air glorieux de M. Podium. J'ai tort de penser qu'il est sans surprise. Il est à la fois conventionnel et inattendu. Il cherche à théâtraliser son existence, du moins à ses yeux. Clos dans son monde, Balloon essaie par tous les moyens

d'en sortir, de voir clair, de comprendre le pourquoi des choses. Je m'en veux de l'avoir si mal
jugé au début.

— Au fait, que pensez-vous de la nouvelle ?
Bon débarras ! Vous devez être content ?

J'ignore à qui ou à quoi Podium fait allusion. Il
pense que je le fais marcher avec mon air ahuri.

— Arrêtez ! Vous savez bien que l'ayatollah
Khomeyni est mort ce matin. Dire que la France
lui a accordé l'hospitalité pendant des années, on
a été bien mal récompensés.

J'ai beau lui rétorquer que cela m'est indifférent, il n'en croit rien — il a repris son air douce-
reux. Les partisans du guide de la Révolution
suppliaient Dieu de garder Khomeyni vivant
jusqu'à la fin des temps. Ils doivent être dépités.

## 23

Le ciel est d'un bleu Pompadour, ce bleu céleste qu'on voit sur les porcelaines de Sèvres. Un vent coulis accompagné d'un air d'été, reconnaissable à l'odeur d'herbe coupée, s'est insinué dans la campagne. La moindre brise envoie des bouffées miellées qui proviennent du tilleul de Hollande. En achetant la maison, j'ai cru que ce vieil arbre au tronc vide était mort. Il est si creux qu'un adulte peut se tenir au-dedans. J'ai vite constaté qu'il était aussi exubérant que les tilleuls argentés pourtant plus jeunes. Il n'a pas besoin de son centre. Sa périphérie, l'écorce et l'aubier, lui suffisent pour vivre.

Je ne veux pas faire d'infidélité à mes deux platanes, mais le surgissement espiègle de ces arbres qui ont donné leur nom au domaine me stimule. Maintenant qu'ils se sont épanouis, ils gardent dans leur feuillage un entrain qui ne demande qu'à s'extérioriser. Comme les voiliers, ils ont parfaitement compris le langage du vent, sa façon de fraîchir, sauter, tourner et mollir. En même temps, les branches arquées et étayées qui forment une coupole parfaite leur confèrent une affabilité remuante que l'on n'observe pas chez les autres arbres — sauf peut-être chez le bouleau dont le feuillage est toujours éveillé même en l'absence de vent. Dans *La Chair et le Sang*, Mauriac parle des tilleuls qui « sentent l'ardeur et l'amour ». Si le pin peut être chez lui qualifié d'arbre-totem, le tilleul est son arbre-passion. Dans *Le Nœud de vipères*, il est associé au désir, à la lune de miel des héros. Il y a dans le tilleul une quiétude sensuelle qui serait presque repue s'il ne subsistait cette façon délurée de s'agiter.

Au crépuscule, j'ai retrouvé mon crapaud sur la terrasse. Ce ne peut être que lui puisqu'il est bleu. À moins qu'il ne s'agisse d'une mutation génétique propre aux Tilleuls ou à la Haute Lande. Il me fixe de ses pupilles horizontales. Il a l'air d'un bon diable et ne semble pas gêné par ma présence. C'est un crapaud flegmatique. Est-ce à cause de son accoutrement clownesque ? À y regarder de près, je lui trouve un air farceur.

Les journées sont de plus en plus chaudes. En observant l'alignement des tilleuls argentés, il me vient l'idée de tendre un hamac. Cette suspension entre deux arbres, cette façon simple et surnaturelle de ne pas toucher terre m'ont toujours charmé.

Reposer sur deux fils est un bel acte de foi. Il implique une relation de confiance en même temps qu'une forme d'abandon et de protection. N'a-t-il pas été conçu à l'origine par les peuples des Caraïbes pour se garantir pendant la nuit des bêtes sauvages et des insectes ? L'un des objets les plus précieux que Robinson Crusoé récupère dans le vaisseau naufragé est un hamac. Dans le premier retranchement qu'il s'est aménagé, sans aucun contact avec le sol, il se sent pleinement rassuré.

Je passe à présent des après-midi entiers à lire dans mon hamac sous la voûte feuillue tandis que des milliers d'abeilles butinent. Sensation d'être tapi au cœur d'une immense centrale avec sa pompe aspirante qui bourdonne. Un ronronnement qui emprunte à la fois au pétillement et à la succion. L'odeur est si capiteuse que sa lourdeur m'assoupit. L'essaim est en éruption mais c'est un jaillissement sourd, régulier, absolument contrôlé. Ma présence ne l'indispose nullement.

J'observe le manège des abeilles sur les fleurs. Voilà un insecte qui a du tact. Il garde la distance, observe toujours une certaine retenue. Surtout, il connaît la différence avec les autres espèces vivantes, en particulier avec l'homme. Il ne devient brutal que lorsque la convention a été rompue.

En fusion avec les abeilles, les fleurs des tilleuls dégagent une telle énergie qu'elles refoulent dans l'atmosphère de puissants effluves pommadés, à la limite de l'écœurement. C'est une odeur émolliente et insinuante comme un narcotique, provoquant même à la longue un certain degré de stupeur et d'insensibilité, en cela plus proche d'un opiacé que d'une tisane.

Dans la quatrième *Géorgique*, alors qu'il décrit longuement le peuple des abeilles et leur « travail bouillonnant », Virgile s'attarde un moment sur l'histoire d'un homme qui, on ne sait pour quelles raisons, s'est retiré en ermite au milieu d'une terre ingrate. Ce solitaire qui fait parfois penser à Robinson a réussi à apprivoiser le sol. Il a constitué un verger, un jardin, un rucher et vit heureux au rythme des saisons. Ce sage qui mène une existence sobre se juge riche à l'égal des rois. Notre solitaire aime profiter de l'ombre du tilleul « qui tempère les chaleurs de l'été ». Virgile note que c'est l'arbre préféré des abeilles.

« Et le miel le plus pur écumait de ses mains », écrit-il splendidement. Toujours ce point de vue stimulant sur les choses et les êtres. L'énergie naît de l'image qui propulse aussitôt le lecteur dans le merveilleux.

## 24

Ce soir, il fait si doux que j'ai décidé d'attendre la nuit dans le hamac en dégustant un corona. L'inaction obéit à des règles strictes dont la principale est la maîtrise du temps. Le véritable amateur a tout son temps. Il n'est pas vrai que l'oisiveté est la mère de tous les vices. Elle est très absorbante et exige une application constante.

Le jour s'éternise, répandant cet éclat gris porcelaine dont le poudroiement donne un relief poussiéreux aux foins, aux murs en ruine, aux chemins sableux. Rien de plus envoûtant que cette lumière d'avant le crépuscule. Peut-être parce qu'elle n'en finit pas. Elle communique à la création un fluide magnétique, une sorte de halo qui semble émaner du sol. Le fait le plus ordinaire est transfiguré par l'effet de cette clarté qui ne veut pas s'éteindre. À plus forte raison lorsqu'il s'agit d'un drame. J'ai été témoin d'une tragédie survenue par une soirée de juin alors que je me trouvais dans un train. Le déroulement du paysage accentuait curieusement les contrastes entre le noir et le blanc : on se serait cru dans un film de Dreyer.

Il était environ 21 heures et le jour, loin encore de s'affaiblir, irradiait la campagne de reflets argentés. Du côté d'Orléans, j'avais senti sous la voiture un bruit sec de graviers frappant le plancher. Le train avait alors puissamment ralenti pour s'immobiliser quelques secondes plus tard en pleine campagne. J'étais sorti sur la voie avec d'autres voyageurs. La plupart d'entre eux tenaient leur veston à la main. L'air sentait la moisson, une odeur astringente de chaume desséché mêlée aux relents de caillou tiède émanant du ballast. Indifférents à la scène, des hommes en bras de chemise jouaient aux boules près d'un canal comme au début d'un roman de Simenon.

Fébrile, le conducteur du train allait d'un groupe à l'autre, le visage en feu, le regard presque dément. Je m'étais approché de la motrice. Le pare-brise était éclaboussé de sang. Une petite fille à vélo avait franchi le passage à niveau sans regarder. Tuée sur le coup. Une roue tordue gisait sur le remblai. Il n'y avait plus de pneu. Pulvérisé par le choc, le caoutchouc s'accrochait en lanières sur la vitre. Jamais je n'ai ressenti un tel contraste. La douceur presque féerique de cette soirée et la violence de la scène.

Splendeur et horreur : juin est pour moi inséparable de la défaite de 1940. J'ai toujours été frappé par la description qu'en ont donnée les témoins de la catastrophe, l'une des plus cauchemardesques de notre histoire. Presque tous insistent sur l'exceptionnelle beauté de ce mois de juin. Dans le film *Le Chagrin et la Pitié*, le général Spears, qui s'est envolé le 17 juin pour Londres avec le général de Gaulle, confie : « Je regardais à travers le hublot la belle campagne française. Elle ne m'avait jamais paru aussi radieuse. Je pensais tristement que je ne la reverrais pas avant longtemps. »

J'imagine que, dans le cockpit, de Gaulle devait avoir des pensées semblables : le coup de dé, l'exil qui consacre la désobéissance. Transportant notre ultime fortune, le petit avion parti de Bordeaux, volant dans un ciel sans nuages, au-dessus d'une France magnifique et vaincue, m'a toujours émerveillé. « Le départ eut lieu sans romantisme et sans difficulté », écrit-il. Sans difficulté peut-être mais sans romantisme, c'est lui qui le dit. Ce départ est aussi extraordinaire que le début d'un roman de chevalerie. Ne prend-il pas soin d'ailleurs de préciser que l'avion passe au-dessus de la forêt de Brocéliande, chère à Lancelot du Lac et à Merlin l'Enchanteur ? Il décrit ainsi son arrivée à Londres : « Tandis que je prenais logis, je m'apparaissais à moi-même, seul et démuni de tout, comme un homme au bord d'un océan qu'il prétendrait franchir à la nage. » À quelques mots près, ce sont les mêmes pensées qui inspirent Robinson Crusoé après son naufrage lorsqu'il échoue sur le rivage.

Les paysages les plus ingrats sont métamorphosés par la profusion de juin. Rien de plus déprimant qu'un site industriel désaffecté. Pourtant, à cette période de l'année, les hautes herbes et l'étrange végétation rudérale qui prospère au milieu du béton donnent à ces friches une luxuriance saisissante.

La maison dans la clairière est à présent entre chien et loup. Je me suis longtemps demandé si le chien symbolisait le jour et le loup la nuit. L'expression désignerait en fait le moment où le regard ne peut distinguer le chien du loup. La beauté de juin tient probablement à la durée de cet instant. Il semble inaltérable, comme si le jour refusait de se laisser corrompre par l'ombre.

J'attends dans le hamac l'instant où le poids de la nuit va enfin trébucher mais le basculement ne vient pas. Chien et loup, ils sont à égalité. Je savoure cet entre-deux. C'est un flottement déchirant comme un adieu qui n'ose pas être prononcé. Ce noir qui commence à prendre le dessus n'est en fait que la lumière qui se retire. C'est un repli temporaire, non une retraite, un décrochement, non une disparition. Son éloignement a ordonné les masses sombres des parterres et des arbres de l'airial. Mais son principe radieux circule encore. Les feuillages, le sol, les bordures en sont pénétrés. Les sons aussi. Ils ne sont nullement amoindris. On dirait que la défection du jour leur confère une douceur et un brillant comme s'ils étaient satinés.

Près de la porte d'entrée se tient le crapaud bleu, l'ami de la maison. Comme un animal domestique, il attend sagement le signal du maître pour pénétrer à l'intérieur. Je ne distingue plus ses pupilles horizontales. Mais je le sens désireux de connaître de nouveaux territoires. Je ne peux pas l'introduire chez moi. Sur le carrelage vide et froid, il serait dépaysé. Il a compris. Il s'en va maladroitement en gardant toutefois cet air digne de pince-sans-rire que je trouve si attachant. Bien avant les lis, trois crapauds figuraient sur les armoiries des rois de France. Peut-être symbolisaient-ils l'ingéniosité et la modestie des premiers Capétiens.

Les jours qui suivent, l'ivresse olfactive est à son comble. Les tilleuls sont sous une pluie de feu. Les fleurs pétillent comme des braises attisées par le travail des milliers d'abeilles. Excitée par la chaleur, l'odeur de cire a des relents de térébenthine qui fait songer à l'encaustique. Ce soir, le ballet des chauves-souris m'apparaît infiniment moins lourd que les autres soirs. Je les regarde de mon hamac raser avec grâce les branches des tilleuls puis s'élever en vol battu. J'aperçois distinctement leurs oreilles noirâtres. Elles s'approchent de moi puis disparaissent. On dirait un jeu.

Dans le crépuscule, l'ondulation de l'herbe jaunie est inquiétante : c'est une houle soudainement paralysée. Les arbres, les foins et même la maison sont comme frappés de stupeur par la lumière couchante.

L'air est si doux que je décide de rester cette nuit dans le hamac. On verra bien. Les abeilles se reposent. La rumeur sédative s'est tue : avec le jour, le parfum des tilleuls s'est éteint, lui aussi. D'autres sons pourtant ont surgi, des bruits confus et plaintifs qui semblent émaner des profondeurs de la terre. Peut-être un tour du dieu Pan qui passe pour troubler et effrayer les esprits. L'expression « terreur panique » vient de là, mais je ne suis pas effrayé. Le monde de Virgile avec ses dieux omniprésents dans la vie quotidienne, frôlant les humains, multipliant les farces pour les mystifier, hante pour de bon les Tilleuls.

Peu avant minuit, le chant d'un oiseau me tire de mon demi-sommeil. Les vocalises aux sonorités riches et flûtées veulent capter l'attention. À l'évidence le soliste a décidé de placer au mieux sa voix avant la sérénade. C'est peut-être un rossignol. La science de Jacques Delamain ici me manque. Selon lui, le chant d'un oiseau n'est pas obligatoirement nuptial, il peut être aussi une affirmation de présence, un défi aux rivaux, une libération d'énergie. J'opterais dans le cas présent pour la libération d'énergie même si l'exercice paraît quelque peu affecté. Cependant la pureté du chant est si pressante que je ne tarde pas à être séduit. Rien de plus mélancolique que cet appel passionné qui accumule indéfiniment les mêmes notes — mais avec quelle perfection ! — attendant une réponse qui ne vient jamais.

Vers 3 heures du matin, le chant s'interrompt. Le temps est clair. La Voie lactée ressemble à une écharpe pelucheuse d'où ressort nettement le M formé par les cinq étoiles les plus brillantes de Cassiopée. Dans le sourd grondement de la nuit fusent des bruits rapides et brefs comme si les étoiles crépitaient — ce sont en fait les aiguilles de pin chauffées à blanc qui se cassent une fois la chaleur disparue. Un peu plus tard, il me semble distinguer une clameur suivie d'un piétinement, une sorte de déflagration étouffée qui s'apparente à une cavalcade.

L'humidité de l'aube me réveille. Un vent aigre accentue la fraîcheur. Les feuilles de palmier claquent durement et répandent un bruit métallique. Je bats en retraite et me précipite dans la maison pour me mettre au lit.

En ce matin réfrigérant de juin, les pièces désertes du rez-de-chaussée m'apparaissent inamicales. Les Tilleuls sont plongés dans un silence terne, minéral, qui soudain m'oppresse. Je ne parviens à trouver le sommeil qu'après un long moment.

## 25

Quelqu'un tambourine à ma fenêtre. C'est Urbain. L'air réjoui et pressé de Ben Hur est de mauvais augure. Je sais qu'il vient m'annoncer la nouvelle que je redoute : la fin des travaux. J'ai beau m'y être préparé, cet épilogue sonne comme un adieu ou une rupture. Je vais rompre non pas avec un passé mais avec un sursis. Le répit qui m'a été accordé avec cette restauration, j'aurais voulu le prolonger indéfiniment. Urbain est là pour annoncer au condamné le rejet de la grâce. Je m'habille à la hâte. Je pense à ce qu'il va dire dans un instant. Il lissera sa moustache et déclarera avec une certaine solennité : « Tu vas être content. »

— Je suis heureux de te voir, Urbain, fais-je hypocritement. Alors ?

— Alors quoi ! Eh bien, tu vas être content. C'est fini. Fi-ni, tu entends. Maintenant tu peux prendre possession de ta maison.

— Possession ? Je n'ai pas l'instinct de propriété.

— Intéressant... Sans doute un de ces paradoxes plus ou moins philosophiques dont tu as le secret. Monsieur se veut un amateur ; il ne se plaît que dans le provisoire. Tu n'es qu'un dilettante.

— J'aimerais bien. C'est tout un art. Prendre au sérieux la musique, le vin, les cigares sans se prendre soi-même au sérieux. Il faut sans doute plus qu'une vie pour y parvenir.

Je ne vais pas lui expliquer que j'ai appris à attendre et surtout à différer par nécessité, j'espérais que le sort me soit moins hostile. Je suis en effet devenu un amateur d'espérance. Le jeu doit se pratiquer sans appuyer, presque à la légère. L'espérance reste au fond de la boîte de Pandore après que tous les maux se sont répandus sur la terre. Il ne faut surtout pas la brusquer. Comme on le sait, l'amateur sait prendre son temps. J'ai abusé de ce privilège et acquis sans doute de mauvaises habitudes. Le définitif me perturbe.

Je me souviens d'un poème de Chénier, *La Jeune Captive*, appris au collège. Il y était question des « ailes de l'espérance ». Longtemps j'ai cru qu'il s'agissait d'une métaphore laborieuse sans réelle signification jusqu'au jour où je me suis aperçu que l'espérance était non seulement la reine de l'évasion mais qu'elle pouvait voler très haut, franchir même le mur du son — il est vrai qu'on est aussi à la merci de la descente en feuille morte. Ce qu'on espère est toujours plus beau que ce que l'on conquiert.

Urbain, je le sais, a parfaitement compris cet état d'esprit. C'est un être plein de prévenance. Un sphinx aussi. Il y a des choses qui doivent n'être jamais dites mais qu'il importe de partager. Se taire, ne jamais se découvrir. Il est incapable d'extérioriser ses sentiments les plus profonds. C'est pourquoi il est si volubile. Discourir pour mieux se cacher. Il sait mieux que personne que cette organisation apparemment anarchique était mon véritable univers. Par délicatesse, je le soupçonne même de l'avoir fait durer. Ces derniers temps, il était très pointilleux avec Castor et Pollux, s'attardant sur le moindre détail. À présent, il constate qu'il ne peut plus lutter contre l'efficacité et la rapidité des deux employés de l'entreprise Calasso. Il a décidé de capituler, il a rempli sa mission.

Au premier étage, il ne reste plus un seul outil. Les chambres sont nettes. Les salles de bains gardent l'odeur acide, presque mordante, de la chaux, avec une émanation de plastique qui n'a pas encore servi provenant des câbles électriques. Le rez-de-chaussée sent l'emballage neuf. Castor et Pollux sont en train d'embarquer leur matériel. Je n'ai rien vu venir. Je n'entendrai plus la chanson monotone de la bétonnière rythmée par le fouettement des graviers sur la cuve. Je ne sentirai plus les râpeux effluves du scaferlati que Pollux laissait dans son sillage. Ils ne reviendront plus jamais aux Tilleuls. Pollux se tient droit devant le camion dans une posture à la fois désinvolte et impériale, frappant sa pipe en maïs sur le talon de sa chaussure. Castor porte à la main son cher poste de radio taché de plâtre et incrusté d'éclats de ciment. Nulle émotion, nul regret ne se lit sur leurs visages. Urbain observe la scène du coin de l'œil. Je ne laisse rien voir de mon trouble. Nous nous serrons la main : « Bonne chance, monsieur », articule Castor. Pollux a ôté son bonnet. Les portières du camion claquent. La fumée du diesel répand une forte odeur de combustion dans tout l'airial.

— De braves cœurs, proclame Urbain en leur faisant un signe de la main.

— Braves cœurs, ce n'est pas ainsi que je qualifierais les Dioscures.

Il ne relève même pas le surnom que je leur ai donné. Par discrétion sans doute. Cela me fait penser que j'ignore leur véritable identité. Urbain a conscience lui aussi qu'une page est définitivement tournée.

# 26

Je vais chercher Joëlle à la gare. « Tu en fais une tête ! » remarque-t-elle. Elle se dit impatiente de voir les Tilleuls. « Les choses sérieuses commencent », se réjouit-elle. Je pense pour ma part qu'elles sont finies, mais je m'en voudrais de refroidir son enthousiasme.

— Le bleu des volets est parfait, constate-t-elle.

— D'après Urbain, c'est le bleu Nattier.

— Nattier, tu crois ? Le Nattier est plus brillant et plus éclatant.

Elle voit bien que je n'ai pas trop le cœur à discuter de la nuance des volets. Je pense à Virgile et aux Romains qui détestaient le bleu, couleur des Barbares. Une illumination me traverse soudain l'esprit. L'explication du crapaud bleu, la voilà. Hier soir, je l'ai surpris derrière la maison, dans le caniveau où se déverse l'eau de la pompe. Ce gros pataud a le don de toujours surgir à l'improviste et de ne jamais apparaître au même endroit. Son allure a beau être lourde, il est très mobile et semble aussi alerte qu'un chat. Il est probable qu'il s'est trouvé dans la rigole à un moment où Castor et Pollux ont nettoyé leurs pinceaux et raclé les pots de peinture sous le robinet. Il est tombé sur le bleu des volets, il aurait pu tout aussi bien se présenter un jour de blanc.

Nous faisons un tour de l'airial. L'enlacement des arbres morts appuyés sur les vivants, les broussailles forment à présent des cabinets de verdure. C'est le *giardino secreto* — le jardin secret —, un havre de paix sombre, en retrait des massifs et des bosquets. Je suis fier de montrer à Joëlle l'emplacement d'un atelier à résine et d'un four à goudron découvert au cours d'une de mes explorations. Il ne reste plus que des pierres noircies feutrées par le lichen.

Les bambous se sont multipliés depuis quelques jours et s'avancent vers la maison. Leur progression par rhizome est insidieuse. Je n'aime décidément pas cette façon doucereuse d'accaparer l'espace.

Au fond du parc, près d'un cèdre de l'Atlas, la terre est labourée sur une bonne dizaine de mètres. Les touffes de bruyère sont écrasées. Le sol profondément retourné est parsemé de mottes. Impression de déchirure, de lacération. Que s'est-il passé ? J'apprendrai plus tard qu'il s'agit d'un passage de sangliers. La charge de cavalerie entendue l'autre nuit, alors que j'étais dans mon hamac, n'était pas une illusion. Très nombreux dans cette partie de la Haute Lande, les sangliers quittent leur bauge la nuit et dévastent les champs de maïs. La horde était sans doute à la recherche de glands et de châtaignes. À moins que le grand Pan ne les ait surpris dans leur cachette. Les cochons, comme on les appelle ici, sont pourtant méfiants, leur odorat est très développé. L'autre nuit, j'étais tout près. Le vent était sans doute contre eux.

Nous entrons dans la maison. Les pièces inoccupées aux murs blancs sont vides mais ce n'est plus le même vide qu'au temps des travaux. Cette incertitude, cette vacance qu'il importait de ne pas combler m'enchantait. Je trouve à présent cette vacuité sonore, dure, presque hostile. Les « choses sérieuses », je ne les connais que trop bien. Remplir, équiper, habiller. Qui sait ? Je vais peut-être y prendre goût et la bonne humeur de Joëlle est contagieuse. Elle est heureuse de ne pas retourner à Paris : « J'ai pris mes quartiers d'été. »

Prendre ses quartiers d'été. Cette expression se pare pour moi d'un charme irrésistible : l'idée de déménagement avec cette image de cantonnement au cœur des beaux jours. Une façon aussi de s'établir dans l'oisiveté. L'oisiveté c'est cela : tout un travail d'installation, d'apprivoisement, d'annexion. Cette appropriation méthodique de l'espace et du temps ne se fait pas du jour au lendemain. C'est une occupation à plein temps.

Faut-il pendre la crémaillère ? Je ne suis guère enthousiaste. N'avons-nous pas déjà procédé à l'inauguration avant les travaux ? « Oui, mais ça ne compte pas », dit-elle. Nous convenons finalement d'un dîner auquel seraient conviées nos nouvelles relations landaises. Le Voisin et sa famille, Lapouyade, sans oublier Urbain. D'ailleurs il est du coin et fera le liant si la conversation s'amollit. Elle ajoute : « Dans deux semaines, les enfants arrivent. Il faut que le dîner ait lieu avant. » Ils sont, paraît-il, dans l'âge ingrat. Inutile de leur infliger ces mondanités.

## 27

Les déménageurs ont débarqué ce matin pour déposer la bibliothèque de Paris et quelques meubles. Le grand vestibule est encombré de cartons. Les étagères démontées sont appuyées sur les murs. Ce désordre qui rappelle le flottement de l'époque des travaux me met d'excellente humeur. Ces livres qu'il me tardait de revoir restent pour l'instant dans leurs caisses. Je n'ai aucune envie de les ouvrir. Mon Virgile suffit. Je me suis tellement habitué à lui que je ne parviens pas à me séparer de ce monde farouche et enchanteur, de cette nature originelle. Bien qu'elle n'indique pas le nom du traducteur, l'édition que je possède fait plusieurs fois allusion à l'abbé Delille. Cet aimable poète du XVIIIe siècle était surnommé le Virgile français. Il restitue ce dernier avec des images souvent convenues. Le style assez fardé s'éloigne probablement de la simplicité virgilienne, mais j'admire le tour de force.

Traduire en vers français avec rimes, pieds et hémistiches cette poésie latine est un véritable exploit. Delille reconnaît qu'il s'est permis des libertés mais qu'il est resté fidèle au caractère du génie virgilien : le rythme. Je suis incapable d'en juger. Il est certain que ces phrases, malgré leur tour parfois affecté, sont harmonieuses et bien frappées.

Ce matin, j'inspecte l'airial, découragé. Le périmètre immédiat autour de la maison, avec les deux palmiers, les deux platanes, le magnolia et les tilleuls, est passable. Il est probable qu'après le récent apport de terreau, le gazon pourra repartir mais pour le reste, c'est la pagaille. Un vrai Babel végétal. Chacun exprime son naturel sans se soucier de l'autre. Il faudrait au moins un Castor et un Pollux du débroussaillement pour venir à bout de ce désordre. Au-delà de la ligne des tilleuls, s'étend une zone de non-droit végétal. Le royaume humide et dévorant. Cet espace ne tolère qu'une végétation sauvage. Les ronciers, les genêts, les ajoncs s'y croient les maîtres. Les taupes s'en donnent depuis des années à cœur joie. Les monticules sont si nombreux qu'à certains endroits on n'aperçoit plus que la terre retournée et ses minuscules terrils. Ces déblais donnent une impression de stérilité. Ne parlons pas des bambous dont l'impudence de plus en plus criante mériterait un châtiment exemplaire. Je m'interroge sur mon hostilité à leur égard. Je ne tolère pas qu'ils empiètent, qu'ils s'étendent en trichant. Est-ce l'instinct du nouveau propriétaire qui se découvre ? À moins que cela ne soit plus profond. Je me souviens de ce passage de *Rhizome* [1] montrant que « l'arbre a dominé la réalité occidentale et toute la pensée occidentale » et que le rhizome, système auquel obéit le bambou, s'oppose à ce modèle. Voilà peut-être l'explication : je suis un Occidental indécrottable, incapable de concevoir la richesse et la complexité de la structure rhizomique, propre à l'Orient. Chaque matin, armé d'une cisaille, je m'attaque aux bambous.

« Dis donc, ça ne rigole pas. C'est ta phase répressive, s'amuse Joëlle. D'après ce que j'ai compris, l'airial admet pourtant un certain laisser-aller. » Il me semble vivre une discussion à propos de l'éducation des enfants, la tolérance de l'un étant prise par l'autre pour du laxisme, l'intransigeance manifestée par l'un étant ressentie par l'autre comme de l'autoritarisme.

Tout ce peuplement anarchique recouvert de lierre et colonisé par les lianes de chèvrefeuille sauvage (cette espèce est peu gracieuse, elle ne

1. Gilles Deleuze et Félix Guattari, *Rhizome*, Éditions de Minuit, 1976.

sait qu'étrangler et ses fleurs n'ont pas de parfum) jure avec l'ordonnance et l'harmonie retrouvée de la maison.

Le seul bon côté de cette jungle, sombre comme une cathédrale, est d'abriter une multitude d'oiseaux : mésanges, rouges-queues, et surtout pics-verts et pics épeiches qui tambourinent sur les troncs. Le frappement sourd et régulier cadence les jours. Joëlle dit que la percussion sur le bois donne un « swing inimitable » aux Tilleuls. On se croirait dans un Tex Avery avec pour personnage principal Woody Woodpecker et son fameux cri haut perché en cascade. Je préfère pour ma part les merles. Je ne me lasse pas d'observer leur vol plané et leurs facéties. Je m'imagine que cet oiseau est toujours de bonne humeur. On le croit fébrile, craintif, sautillant nerveusement, en fait il est flegmatique et très patient. Quand on le surprend, il s'échappe dans un gloussement qui ressemble à un éclat de rire. Jacques Delamain adore le merle, il l'appelle « le roi des haies ».

Je remarque qu'à ces êtres vivants qui peuplent les Tilleuls, j'ai tendance à prêter un tempérament malicieux. Que ce soient les merles, le crapaud, les pics-verts, le coucou (tiens, où est-il passé celui-là ? On ne l'entend plus) et même les chauves-souris, toute cette faune m'est devenue si familière qu'elle me paraît exempte de cruauté. Est-ce le génie du lieu de susciter ainsi une bonhomie animalière ou est-ce l'effet de ma propre humeur ? Dans les deux cas, cette euphorie est à mettre au compte des Tilleuls.

Nous venons de prendre possession d'une vraie table. Elle remplace la porte sur laquelle nous avons pris tant de repas au Graillon. Les choses sérieuses ont indéniablement commencé.

Depuis quelques jours, le temps est lourd. L'air immobile attend l'orage qui ne vient pas. Parfois, en fin de journée, dans un ciel d'ardoise, le vent se lève avec violence. Il tord sèchement les arbres et soulève la poussière. Le tonnerre gronde au loin, s'approche, deux ou trois gouttes tombent puis le vent tourne, balayant les nuages noirs qui laissent apparaître de larges pans de ciel bleu. « Encore raté », commente Joëlle. Rien de plus frustrant que ces orages secs qui promettent un déluge à la nature assoiffée et s'écartent au dernier moment.

Enfin un soir, le ciel nous laisse entrevoir l'orage libérateur. Le plafond est bas et les nuages prennent la forme caractéristique de l'enclume. On sent dans l'air suffocant une énergie qui ne demande qu'à se désentraver. À peine le vent s'est-il levé que les premières gouttes s'abattent sur le sol comme de gros flocons. « Pluie qui fume en tombant dure longtemps », dirait ce bon Lapouyade. Sous l'auvent, nous assistons à l'un de ces orages jupitériens qui sont le charme du

Sud-Ouest, une débauche d'eau, d'éclairs, de tonnerre avec un côté m'as-tu-vu qui empêche de prendre tout à fait au sérieux cette démonstration de force. D'autant que ces rodomontades se calment très vite pour faire place à une grosse pluie régulière..

Ces averses de mousson une fois délestées de la colère céleste sont reposantes. C'est une pluie légère, tiède, lisse. Le lendemain matin, le ciel est pur, d'un bleu minéral. À midi, deux escadrilles de Mirage survolent les Tilleuls à basse altitude, laissant dans leur sillage un violent bruit de soufflerie comme l'éjection enflammée d'un immense chalumeau.

Il fera beau sans doute, mais quelle sauvagerie ! La violence du passage pulvérise et ravage la transparence du ciel d'été.

## 28

Le dîner commence mal. Le Voisin m'a pourtant apporté un beau cadeau : un dessin de
mon homonyme Paul Kauffmann. À l'apéritif,
Lapouyade et Urbain se sont accrochés sur l'histoire de la forêt landaise. C'est incroyable comme
la question, plus d'un siècle après, reste sensible.
Cette affaire ne relève nullement de l'anecdote ou
du folklore comme je le croyais. La fameuse loi
du 19 juin 1857 dont m'avait déjà parlé le Voisin
est revenue sur le tapis. Lapouyade a coupé
Urbain : la forêt de pins n'était pas une création de
Napoléon III et de la puissance publique mais
l'œuvre des Landais eux-mêmes. « Oui, mais ils
n'en ont guère profité, a rétorqué Urbain. Une poignée de propriétaires privés a bénéficié de cette
loi. »

Sans être hargneux, Lapouyade se révèle être
un paquet explosif quand il s'agit de ses chères
Landes. Heureusement le chien Maurice trotte

joyeusement dans l'airial. Sa laideur, sa bonne humeur et sa mine circonspecte fournissent un spectacle de choix, surtout quand la conversation se tarit.

J'ai installé la table dehors sous les deux platanes. Ils répandent une fraîcheur charitable qui pour l'instant agit peu sur nos invités. Lapouyade boude, Urbain sifflote dans son coin, ce qui est chez lui la marque d'une profonde nervosité. La sœur du Voisin veut à tout prix aider en cuisine. À l'évidence, elle s'ennuie et a trouvé un dérivatif dans l'action. C'est une conduite intelligente. En plus, on passe pour serviable. Seule la femme du Voisin se comporte comme si de rien n'était. Visiblement c'est une bonne nature. Voilà quelqu'un qui a pris le parti d'accomplir notre bref passage sur terre d'une façon agréable, « sans se prendre la tête » comme elle dit. Cette expression qu'elle ne cesse de placer dans la conversation est le seul trait irritant du personnage. Elle le rachète par sa beauté tranquille, quoiqu'un peu lasse, et par son enjouement. Le contraire finalement de Lapouyade qui dégage une sorte de gravité sourcilleuse.

Quant au mari, il m'entreprend secourablement sur le bordeaux, matière qui lui tient à cœur comme j'avais pu en juger lors de notre mémorable dîner chez lui. N'ayant pas dans ma cave un vin digne du Palmer 61, je m'en tiens classiquement à des crus qui gratifient les invités. Petrus fait partie de ces noms qui en imposent même aux connaisseurs les plus blasés. Ils savent bien que la réputation de ce vin est légèrement surestimée, qu'il ne parviendra jamais, comme la plupart des crus de la rive droite, à la profondeur et à la complexité d'un grand médoc. Il n'empêche, ils sont flattés que l'on sacrifie pour eux une telle bouteille. Comme quoi l'étiquette et le prix comptent énormément. Mes deux bouteilles de Petrus 71 font donc leur effet. La femme du Voisin est enthousiasmée par le vin, il est vrai délicieusement opulent, d'une structure souple et veloutée qui donne en fin de bouche une impression parfaite de plénitude. Je pense en moi-même que le style de ce Petrus convient assez bien à la nature rayonnante de cette femme. Le Voisin défend la dégustation à l'aveugle :

— C'est le vrai juge de paix.

— Auriez-vous apprécié autant ce vin sans connaître l'étiquette ?

— Je ne suis donc qu'un buveur d'étiquette ? demande-t-il de sa voix délavée.

S'il s'y met lui aussi, le dîner court à la catastrophe. Je me récrie en ayant soin de choisir des intonations aussi suaves que les siennes. Ce ton faussement mimétique le désarme et il consent à rire de bon cœur. Je lui explique que selon moi la dégustation à l'aveugle peut sans doute se justi-fier d'un point de vue professionnel mais qu'elle

210

se coupe aussi d'une détermination, d'un passé. Chaque cru raconte un roman vrai qui possède aussi une saveur propre. Un terroir, c'est d'abord une histoire et cette histoire a un goût.

— On peut lire un livre sans connaître l'auteur, l'apprécier pour ses qualités intrinsèques. Ce faisant, on se prive de tout le soubassement que constituent l'évolution et la singularité d'une œuvre. En matière de vin, je suis pour « la politique des auteurs » telle que la préconisait l'équipe des *Cahiers du cinéma* au début des années 60.

Le Voisin réplique en affirmant qu'il est exagéré de faire passer les propriétaires pour des artistes et leurs crus pour des œuvres d'art.

— Bien sûr, dis-je, l'étiquette influence fatalement le jugement. Mais elle constitue aussi la mémoire dont un produit culturel comme le vin ne saurait être privé. Un grand cru détient une histoire. Et c'est l'étiquette qui en rend compte.

Urbain et Lapouyade qui se sentent exclus du débat n'ont d'autre ressource que de se parler. Lapouyade a tenté d'amadouer Maurice. Avec son air calculateur, le basset lui a opposé une indifférence assez outrageante. Je crois comprendre qu'ils discutent du temps qu'il fait. La brise du soir souffle régulièrement les bougies installées sur d'énormes chandeliers. La sœur du Voisin, qui déploie une activité éruptive, faisant la navette entre la cuisine et l'extérieur, s'emploie à les rallumer. Dès qu'elle a le dos tourné, les chandelles s'éteignent. Elle ne se décourage pas et bat le briquet avec une telle résolution qu'on se demande où elle veut en venir. Personne ne l'oblige à montrer autant d'obstination. Elle a cet air buté de prof persécuté et stoïque qui détonne avec son personnage précédent de Salomé landaise. Son indifférence enjouée, presque véhémente, lui donnait une certaine grâce.

Le poulet farci au sabayon de foie gras, l'une de mes spécialités, est complètement raté. Le foie gras et le bouillon que j'avais mixé plusieurs heures auparavant ont tourné. La femme du Voisin a beau s'extasier, j'ai vu qu'Urbain avait fait un pouah discret en direction de Lapouyade. Ce dernier a acquiescé. Ils se sont créé une petite solidarité sur mon fiasco culinaire, mais ils se rattrapent sur le Petrus. Leur verre est toujours vide.

L'heure est venue de servir de nouveaux flacons. Pour faire oublier le poulet raté, je dois frapper fort. J'avais gardé en réserve deux bouteilles de Mission Haut-Brion 1975. Pour les amateurs, la Mission est presque aussi fabuleuse que Petrus. Personnellement je place ce cru au-dessus, même s'il faut se garder de comparer deux styles si différents. Le Voisin, qui connaît les caractéristiques de chaque millésime bordelais, émet une moue dubitative :

— 1975 est l'année des grandes déceptions, n'est-ce pas ? interroge-t-il d'un ton anormalement affirmatif.

— Vous verrez.

C'est tout vu et il en convient. La Mission est une des rares réussites de ce millésime. Très intense, il déploie des arômes profonds et suaves avec une dominante de truffe. Il garde cependant une certaine réserve, mais on sent que cette retenue qui s'appuie sur un fruit remarquable ne demandera qu'à s'ouvrir. J'ai toujours eu un faible pour le château qui fut donné en legs à la Congrégation des Prêtres de la Mission (appelés aussi lazaristes) fondée par saint Vincent de Paul, un Landais comme on le sait.

Je n'aurais pas dû donner cette dernière précision car Lapouyade réclame humblement à plusieurs reprises ce vin qu'abusivement il qualifie de « landais ».

## 29

Le dîner me paraît avoir acquis une vitesse de croisière avec ses commentaires feutrés, ses moments de pause qui ont cessé d'être pesants. Enfin l'imagination s'éploie sous la frondaison des platanes. Leurs ramures parfois s'agitent pour signifier qu'ils sont là, que leur assiduité est immuable mais non pas immobile. La douceur qu'ils dispensent dans la nuit collabore à l'harmonie de ce dîner. La présence de leurs deux gros pieds plissés et parchemineux enclavant la table est là sans doute pour nous rappeler qu'ils en ont vu d'autres. D'autres générations après nous se serviront encore longtemps de leur ombre clair-voyante et de leur savoir-faire.

On me presse de commenter la Mission. J'évoque d'abord le Palmer 61. J'explique que tout amateur court après le vin qui n'existe pas. Un idéal de vin qu'il a entraperçu un jour — ou cru entrevoir. Une sensation parfaite, unique et qu'il cherche à retrouver. Une quête impossible. Parfois on croit avoir retrouvé la sensation perdue.

— Soyez plus précis, exige Lapouyade, qui, fidèle à sa conduite, veut à tout prix connaître l'origine et le pourquoi des choses. Quel est ce vin que vous cherchez ? Un bordeaux, je présume ?

— Eh bien non, monsieur Lapouyade. C'est un vouvray. Je faisais, il y a une dizaine d'années, un reportage sur cette appellation. J'interrogeais Gaston Huet, le maire de Vouvray, par ailleurs viticulteur. Sur le coup de 11 heures, il s'est absenté quelques instants pour revenir avec une bouteille et des verres sur un plateau. C'était un Haut-Lieu 1947. Je ne m'attendais pas à une telle émotion. Cela ressemblait à une divulgation. Quelle merveille ! Un vin d'une pureté, d'une droiture et d'une complexité aromatique exceptionnelles. Depuis ce jour, je n'ai jamais connu une délectation semblable. À quelques reprises, j'ai cru retrouver ce sentiment parfait de plénitude et d'harmonie. Le Palmer 61 dégusté il y a quelques semaines chez vous, cher Voisin, fait partie des rares bouteilles où j'ai été à deux doigts de parvenir à cette perfection ! Qu'a-t-il manqué ? Sans doute l'impression de dévoilement. Mais on ne l'éprouve probablement qu'une seule fois dans la vie. J'étais jeune, encore néophyte. Cette révélation s'est produite dans une phase d'initiation.

— Vous ne retrouverez donc jamais une telle impression ? interroge Lapouyade. Et si on vous faisait déguster à nouveau cette bouteille de 1947 ? Ça ne doit pas être impossible, insiste-t-il.

— Eh bien je risque d'être déçu. La mémoire gustative n'est pas absolue, elle s'atténue à la longue. Manquera toujours sans doute la grâce d'un moment qui n'a rien à voir avec les qualités véritables du vin. Une grande bouteille est pour une large part affaire d'imagination.

Les coulées de cire tombent en larmes sur la nappe blanche. La sœur du Voisin s'applique à les racler soigneusement à l'aide d'un couteau. Ses gestes sont expéditifs. Nous contemplons ses mouvements précis, subjugués par ses mimiques et sa façon d'énucléer les indurations sur le linge damassé. La femme du Voisin, elle, ne bouge pas. Pourquoi d'ailleurs donnerait-elle un coup de main ? « Ma belle-sœur aime se dévouer, c'est son plaisir », m'a-t-elle dit tout à l'heure. « Ma sœur est la Marthe de l'Évangile, renchérit son frère. Elle adore vaquer à des soins domestiques tandis que Marie se croise les bras et écoute la parole de Jésus. »

Veut-il insinuer que Marie est sa femme, la bonne vivante ?

— Marthe aime sans doute se dévouer, dis-je, mais cela ne l'empêche pas de moucharder auprès

216

du Christ en se plaignant que Marie se la coule douce.

— Vous avez raison. Mais au lieu de reconnaître le bien-fondé de ces reproches, le Christ donne raison à Marie. Marthe n'a qu'à trimer. C'est un peu injuste. Une bonne leçon à l'adresse de ceux qui s'agitent et en font trop. Le Christ dit : « Marie a choisi la meilleure part et elle ne lui sera pas ôtée. » Au fond, il légitime une certaine forme d'inégalité.

— Je ne suis pas tout à fait d'accord. Peut-être veut-il ainsi faire comprendre que la soif spirituelle de ses disciples est plus importante que leurs soins empressés.

Heureusement les autres convives ne participent pas à cet échange. Le Voisin ne se montre guère bienveillant à l'égard de sa sœur. Il semble la prendre pour une oiselle. Mais il précise l'instant d'après qu'elle est très brillante. « Parfois elle est catégorique. Sa franchise peut lui jouer des tours. »

Lapouyade pleurniche auprès d'Urbain sur « les Landes qui perdent peu à peu leur identité ».

— Si c'est une fatalité, vous n'aidez guère à freiner le mouvement, coupe la sœur du Voisin qui arrive de la cuisine avec le gâteau.

— Comment cela ? fait Lapouyade, interdit.

— Toutes ces bergeries que vous vendez et qui sont massacrées la plupart du temps, vous ne trouvez pas que vous participez à la perte de cette identité ?

— Que dois-je faire ? Fermer l'agence ? J'aimerais bien que vous me donniez un conseil, déclare Lapouyade sur un ton amène que je ne lui connais pas et qui me paraît inquiétant.

Ça va se gâter. La sœur n'a pas tort sur le fond, mais cette façon de s'ériger en figure de justice sur un ton péremptoire est désobligeante pour Lapouyade. Encore son absence de tact !

La tension ravit le basset qui court dans tous les sens. Il ne s'arrête que pour tirer d'un air rusé le bas du pantalon de Lapouyade.

— Je n'ai pas de conseil à vous donner, répond la sœur. Mais vous bradez notre patrimoine.

— Le patrimoine, c'est du vivant, dis-je. Pas la simple défense du passé. Ces maisons que M. Lapouyade vend ne deviendront pas des bergeries. De toute façon, elles ont perdu leur fonction. Le meilleur moyen de les détruire serait de les muséifier. Elles survivent autrement sous la forme de résidences secondaires, n'est-ce pas la meilleure manière de les conserver ?

— Et votre airial ? interroge le Voisin qui prend de plus en plus de couleurs.

Sa voix est même tonitruante.

— Vous avez vu son état ? Je ne sais vraiment pas par quel bout commencer.

218

Dans la nuit, je montre du doigt l'épaisse jungle qu'il me faudra nettoyer. Urbain affirme qu'il est bon de sacrifier au culte des ancêtres mais qu'il ne faut pas pour autant sacraliser l'airial. Il frappe la table du plat de sa main : « C'est l'expression d'un système agro-pastoral aujourd'hui disparu. »

Le Voisin ajoute que pour être fidèle à cet esprit, je devrais disposer de quelques vaches, d'un poulailler, d'une ruche et d'un verger. « Il faut réinterpréter l'airial, assène Urbain. Le recycler et le détourner. »

Tout le monde applaudit la formule. Il est temps d'aller se coucher. Maurice le basset ne veut pas monter dans la voiture de son maître. Avec son maintien glacé et sa mine entendue, il ressemble à un maître d'hôtel insolent. Ce Maurice a vraiment les expressions d'un être humain. Au fond, il mérite bien son patronyme. Le Voisin lui envoie un coup de pied : « Dégage, bas du cul ! »

Il prend un air offensé et grimpe dignement dans l'Austin Allegro.

## 30

En allant chercher les enfants à la gare de Bordeaux, Joëlle s'est procuré à la librairie Mollat la version française des *Versets sataniques* qui vient de sortir. « Pour renaître, il faut d'abord mourir. » Ainsi commence le livre de Rushdie.

À peine arrivés aux Tilleuls, mes deux fils se sont éclipsés. Je finis par les retrouver dans la grange. « C'est notre domaine. Défense d'entrer ! », décrète le cadet.

Des cris d'enthousiasme retentissent avant le dîner. Ils ont découvert le crapaud bleu au pied d'un des platanes. Les deux garçons se le repassent au creux de la paume. Il a l'air un peu intimidé. Je constate que le bleu se délave sur sa peau. Cela lui donne une physionomie fatiguée. « Lâchez-le, vous lui faites peur. » Ils le reposent délicatement sur le sol. Le crapaud ne demande pas son reste et disparaît en bondissant vers un buisson de lauriers-cerises. Le reverrons-nous ?

Les Tilleuls s'immobilisent un peu plus chaque jour dans une langueur radieuse, une dissipation qui s'amuse de la chaleur accablante. Paradoxalement cette apathie est stimulante dans la mesure où elle encourage la véritable oisiveté. Pas la paresse mais une forme de nonchalance scrutatrice, attentive aux nuances infinies du ciel, aux sautes du vent, aux mouvements des feuilles, aux phrases qui composent le livre aimé. Une apparence d'abandon, une absence de hâte, une vague application, indifférente au but. Sensation de se trouver à l'abri, à l'écart, hors d'atteinte. Réfugié, pas replié. Nul danger ne menace.

Mon hamac représente assez bien cet état aérien, à la fois souple et tendu, élastique, lié aux deux arbres, distant et captif à la fois. Au-dessus du sol en même temps que solidaire du monde végétal. L'air surchauffé est silencieux. Les oiseaux qui font leur mue se sont tus. Ils ont perdu leurs plumes, ce qui les rend vulnérables. Chanter c'est se trahir.

Les habitants des Tilleuls vivent autour de la maison, changeant de place suivant la course du soleil. À la fin de la journée, ils ont accompli le tour du cadran, dînant à l'occident sur la terrasse dessinée par Urbain. Ces espaces en cercle s'emboîtent comme des mécanismes d'horlogerie. Le petit déjeuner démarre à l'orient. Il enclenche peu à peu le mouvement de la lecture matinale, lequel engage la roue du déjeuner, etc. Ce déplacement circulaire est vite devenu un réflexe. Nous sommes les aiguilles dociles de l'horloge solaire.

Chaque matin nous cabanons, habitude gasconne qui consiste à fermer les volets à l'espagnolette, les deux battants restant légèrement entrouverts pour laisser pénétrer un peu de lumière. L'intérieur plongé dans la pénombre est presque froid. La maison dans la clairière n'a pas été chauffée depuis des années, les murs épais conservent encore dans leur intimité l'empreinte des rigueurs hivernales.

Les deux garçons disparaissent pendant des journées. Nous ne les voyons qu'aux repas. On entend parfois le claquement d'une balle de ping-pong. Ils ont installé la table loin de la maison, sous les pins. La grange surchauffée est désormais leur territoire. Je crois qu'ils s'adonnent à la peinture au pochoir et à la préparation d'un film. Le cadet consent à donner quelques détails : « C'est l'histoire d'un yéti landais très bestial qui découvre sa part d'humanité en rencontrant un jour une bergère dans la forêt. » Je lui demande qui va jouer la bergère. « Nous n'en sommes encore qu'au scénario. Mais frérot a déjà trouvé la fille. » Impossible d'en savoir davantage.

Un soir, Joëlle découvre le crapaud bleu dans le bac à douche au rez-de-chaussée. Comment est-il entré dans la maison ? Les deux garçons applaudissent, ils le surnomment Arsène. « Il surgit à l'improviste comme Arsène Lupin. » Ce n'est pas mal trouvé : ce crapaud possède, à l'image du héros de Maurice Leblanc, le don d'ubiquité. Il a en outre de l'esprit, de la désinvolture. Sans doute n'est-il pas très beau mais il a de la présence. On appelle cela le charme.

# 31

Chaque matin je me lève à l'aube pour écrire.
En ce début d'été, rasséréné par la paix de ma
nouvelle thébaïde, je suis pris de l'envie de
raconter ma captivité et ma libération en me servant de la métaphore du vin. J'ai pris mes aises
sous l'auvent. Un couple de chevreuils et leur
faon s'approchent parfois de la maison. Ils broutent l'écorce des jeunes arbres et s'arrêtent,
inquiets, regardant dans ma direction. Il suffit que
je me remette à écrire pour que le geste les fasse
aussitôt détaler en direction de la forêt. Ces pins
qui enveloppent les Tilleuls — ils l'enlacent sans
l'oppresser — constituent pour le gibier un refuge
de choix.

Cette forêt dégagée, tout en raideur, encochée
de champs de maïs, ne paraît jamais bien profonde, mais ce n'est qu'une apparence. Elle paraît
accessible, immédiatement lisible. Ces traits tirés
à l'infini, ces chemins à perte de vue paraissent

rectilignes, ouverts alors que rien n'est plus sinueux, plus secret que cet alignement de pins compact et inépuisable. Cet arbre qui perd très tôt ses branches basses trompe bien son monde. On croit qu'il se tient droit mais c'est une illusion : le tronc est presque toujours arqué, légèrement tors. La forêt landaise est le contraire d'une figure géométrique. Tout se passe en haut, près du ciel, royaume du surnaturel, où niche la fameuse « Maison de verre » des romans de la Table ronde. Parvenu au sommet du pin, l'enchanteur Merlin obtint tous les pouvoirs parmi lesquels le don de voyance et d'invisibilité. Le pin est l'arbre de l'élévation et du dépassement. Une forme de transcendance obtenue non par la rectitude mais par la courbure. Sa fausse verticalité maintient en suspension le paysage. Son balancement n'appuie pas sur la surface plane. Il donne même à l'espace landais une légèreté exceptionnelle. Quelque chose d'aisé et aérien. L'un des attributs du dieu Pan était un rameau de pin.

J'affectionne ce moment où la maison dort, alors que la rosée perle sur l'herbe comme des billes de mercure. Ravissement de la belle journée à vivre. Elle sera étincelante.

Mon premier café de la journée, plus exactement ma première cafetière. Je surveille la mousse qui émerge doucement du conduit. Sous peine de voir le café jaillir brusquement et perdre la finesse de ses arômes, je baisse aussitôt l'intensité du feu.

Jamais je n'ai écrit aussi aisément. D'avoir été privé de papier et de crayon pendant ma captivité m'affranchit : les phrases coulent avec une évidence inhabituelle. Ces tourments et cette détresse accumulés pendant tant d'années, sans qu'il ait été possible de les désigner, se déversent soudainement. Effusion sans violence, débordement contenu. Un peu comme on défait le lien d'un fagot : le faisceau de menu bois ou de branches se détache sans pour autant aller dans tous les sens. Le vin n'est qu'un prétexte. J'ai peur de déclamer, de prendre la pose à l'aide de ces mots d'apparat attachés au genre tragique. Ils viennent si facilement sous la plume.

J'ai donc rusé. D'ailleurs je n'avais pas le choix. Je suis incapable pour l'instant de soutenir le choc du cataclysme passé, de lui faire barrage en le décrivant. Cette impuissance à relater l'innommable m'a conduit à user de la symbolique du vin. Ce procédé m'est venu naturellement à l'esprit. Je me suis conformé à l'éthique de l'amateur qui sait considérer avec distance, sans gravité excessive, les choses, les hommes et lui-même. Tous les signes auxquels renvoie le vin représentent la part qui m'a fait le plus défaut pendant cette épreuve : une relation lumineuse au monde faite de complexité et d'estime de l'autre.

Le vin est l'expression d'une société débrutalisée. Son rapport à la nature et à autrui est policé. J'ai vécu dans un monde d'exclusion en proie à l'hystérie et au chaos. Pour autant, je n'ai pas la conscience victimaire. Le vin me permet sans doute de ne pas trop succomber à l'esprit de sérieux. Que pèse ce que j'ai vécu au regard d'un cru classé de bordeaux ? Le poids mort de la dérision. Et pourtant ce n'est pas une charge inutile. Comme le dit le personnage de Nell dans *Fin de partie* de Beckett : « Rien n'est plus drôle que le malheur. Si, si, c'est la chose la plus comique au monde. »

Je découvre que par sa nature spirituelle et matérielle le vin me permet de sortir du « cauchemar de l'Histoire », de déchiffrer certaines choses cachées. L'exorcisme, la catharsis, je n'y crois guère. Désigner la blessure ne contribue pas pour autant à la cicatriser. Je suis même persuadé du contraire : la nomination met les chairs à vif. Mais le besoin d'élucidation est plus fort que la menace de la plaie ravivée.

Sans l'aura bienfaisante de cette maison, me serais-je lancé dans une pareille entreprise ? Les Tilleuls révèlent en moi un monde que je n'avais pas entrevu depuis mon retour. La présence émolliente de la forêt landaise, la torpeur de l'été, une qualité de silence et de vacuité, le temps qui desserre son carcan, tout m'invite à une sorte de reconstitution. À l'ombre des pins qui renvoient leur odeur crissante, je deviens archéologue de mon propre passé. Grâce au vin, la seule matière vivante qui devient délectable en vieillissant, je remonte le sens interdit du temps, un temps qui jusqu'à présent n'a cessé de se dérober et qui pourtant me hante. Peu à peu je parviens à restituer ce qui a été détruit, pressentant que cet instant privilégié, la « fenêtre de tir » comme on dit aujourd'hui, sera très bref.

La maison se réveille. Contrevents qui s'ouvrent et battent contre le mur avant d'être assujettis aux crochets, craquements du parquet : dès cet instant, j'arrête d'écrire pour me promener dans la forêt. Elle est là, disponible et souveraine, offerte à tous, exempte de barbelés, à perte de vue. J'aime ces grandes cathédrales silencieuses aux travées peuplées de fougères, éclairées par un soleil jouant entre les pins, s'embrasant et disparaissant comme à travers un vitrail. Rien de plus mystérieux que ces longues pistes sablonneuses qui lignent les pins à perte de vue, dépourvues de la moindre rature. Et pourtant on s'y égare aussi facilement que dans un labyrinthe. Le vent chante dans les pignadas, modulant sa voix selon la densité du boisement ou la profondeur des éclaircies. Jamais je n'ai mieux compris la justesse de cette image inventée par Stendhal, « harpe éolienne ». La harpe renvoie à la poésie néoclassique, mais quand le vent souffle, tourne et se meurt sur les grands arbres, une mélodie envoûtante parcourt le massif forestier. Chaque fût vibre à la manière d'une corde, transmettant en proportion de la ventilation son frémissement à la cime.

Au retour de ma promenade, je m'enferme pour écouter Haydn. La tension expressive de l'ange Raphaël dans l'air *Anna, m'ascolta* me bouleverse. Le personnage est interprété par une soprano hongroise, Magda Kalmár. La souplesse, l'aisance de sa voix sont uniques.

Autour de 4 heures de l'après-midi, la chaleur assène aux Tilleuls ses coups les plus sévères. Il me plaît alors de sortir quelques instants pour sentir l'odeur des bruyères et de la brande chauffées à blanc. Le soleil détient un pouvoir réellement détersif sur la végétation. Elle blêmit sous cette incandescence à sec. Se réfugier vite dans la maison et éprouver le choc thermique devient un jeu tant le contraste crée une sensation délicieuse. Il me semble que le reste de la famille barricadée à l'intérieur apprécie peu des joies aussi simples.

— Quelle chaleur ! On pourrait faire une piscine ? suggère Joëlle au dîner.

À cette heure, les Tilleuls se dégagent de l'étreinte brûlante ; des nappes de fraîcheur enveloppent l'airial. Par vagues, le serein apporte une

humidité légère. Enfin éteinte, la fournaise abandonne à la nuit des effluves de bruyère grillée et
d'aiguilles de pin si desséchées qu'elles finissent
par sentir la pierre à fusil.

— Une piscine ? Ce serait la fin des Tilleuls.

— Oh oui, une piscine, ce serait eulpif, reprennent les enfants.

Eulpif est un mot usuel de la famille. Il fut à la
mode dans les années 30. Son côté daté nous ravit.

La tribu est surprise de ma véhémence. J'ai
noté l'expression « faire une piscine ». L'impréci-
sion vise à ne pas m'effrayer. En revanche,
creuser une piscine implique une meurtrissure.

— La fin des Tilleuls, tu exagères un peu. On
devrait y réfléchir.

— Oui, oui, réfléchissons, enchaîne le chœur
des garçons.

— Une piscine ! Déjà ! Laissons une chance à
cette maison. Elle s'est bien passée d'une piscine
jusqu'à présent. Nous allons tuer son âme.

Comment leur expliquer que je déteste les piscines — excepté celles peintes par David Hockney.
Pourtant je ne dédaigne pas m'y baigner à l'occasion. Il y a dans ces excavations remplies d'eau et
surtout dans le dispositif qui les entoure un caractère disproportionné ; une allure criarde et vulgaire. Mon idéal de vie campagnarde est certes une
chimère, mais je n'ai pas du tout envie de détruire
cette illusion. D'abord où creuserions-nous le trou

destiné à accueillir cette pataugeoire ? Non, c'est inenvisageable. Et j'en veux un peu à ma femme d'y avoir songé.

Heureusement la question ne revient pas sur le tapis, mais l'alerte a été chaude. Je connais l'opiniâtreté de Joëlle. Elle attend son heure. Lors d'une de ses visites, je m'entretiens à part de ce sujet sensible avec Urbain. « C'est prématuré », tranche Ben Hur. Je proteste : pour lui cela signifie donc que la chose est inévitable. J'essaie de le prendre par les sentiments. Il rétorque gravement : « C'est dans la logique de l'hédonisme contemporain. La plupart du temps, il n'y a pas de fatalité. Ce n'est pas à toi que je vais dire qu'on peut renverser l'inexorable. Excepté pour les piscines. On ne peut rien contre cela. C'est la modernité. Il faut s'y conformer. »

Urbain nous rend visite quotidiennement. Je ne l'ai jamais vu aussi assidu alors que, pendant les travaux, il ne passait qu'une ou deux fois par semaine. Il est heureux, il s'attarde. Lui d'ordinaire si loquace garde le silence. Il observe les Tilleuls, mais surtout il nous observe, *au regard* de la maison, comme s'il nous photographiait mentalement. Le fait qu'il tire sur la partie gauche de sa moustache indique une intense activité intellectuelle — la partie droite, au contraire, est le siège de la rêverie, de la distraction ; en fait il touche plus cette zone qu'il ne la tire.

Un après-midi moins suffocant, alors que je lis dans mon hamac, il vient vers moi en déclarant : « Vous êtes bien ici. » Ce n'est pas dit de manière interrogative. La constatation est le fruit d'une profonde réflexion. Je comprends soudain les raisons de ses visites. Urbain vient contempler son œuvre. Il se flatte d'avoir recréé les Tilleuls mais aussi de nous avoir assortis à ce lieu. Une communion qu'il juge parfaite. Il n'a pas tort. Attendons la suite pour juger.

## 32

Les territoires à l'intérieur de la maison se sont vite créés. J'ai pris possession de l'aile nord et installé mon bureau dans la pièce où furent entreposées mes bouteilles pendant les travaux. De ma fenêtre, j'entends les battements d'une balle de ping-pong. De temps à autre, on peut distinguer un bruit de raclement sur la table : c'est la raquette de l'un de mes fils qui disperse les aiguilles de pin responsables de faux rebonds. Dans la suffocation de l'été landais, la stridulation des grillons retentit comme un tintement de grelots. Le crépitement obsédant ébranle la campagne et se propage sourdement par ondes. La réverbération accompagne la houle de chaleur qui monte à l'assaut de la maison solidement barricadée.

Je mets la dernière main à l'avant-propos de mon livre que j'ai failli intituler *Le Retour*. Il s'appellera finalement *Le Bordeaux retrouvé*. La présentation évoque justement la scène que je viens de décrire plus haut : le bruit de la balle de ping-pong, les grillons, l'accablement si délectable d'un après-midi d'été. Dans ce passage, je m'interroge : « Est-ce cela le bonheur ? » Non, apparemment, puisque j'affirme que « l'obsession du bonheur est devenue pour moi le symbole d'un certain repli aride sur soi, qu'il n'est qu'un moyen, pas une fin ». Comme si le bonheur tenait à trois fois rien, à quelques moments de grâce comme on nous l'assigne aujourd'hui.

« Le retour est pire que matines. » Cette expression ancienne signifie que la fin d'une histoire est pire que son début. *Retour* est un mot facile et même un peu trop accommodant : retour de flamme, retour de manivelle, retour de sève, retour sans frais, cheval de retour, etc. En vénerie, le retour est une ruse du cerf qui revient sur les mêmes voies pour dérouter la meute.

Ce soir, Arsène s'est manifesté dans le grand vestibule. Très fier de son coup et pourtant différent : le bleu a totalement disparu. Est-ce bien Arsène ? « C'est lui, regarde comme il a l'air malicieux », disent les garçons. Le retour d'Arsène ? Je ne retrouve pas cette expression goguenarde si lupinienne, mais je fais semblant. J'ai bien peur qu'Arsène nous ait définitivement quittés pour réintégrer l'Aiguille creuse.

Tobie regagne aussi son pays natal. Son voyage en Médie — région située au nord de l'Iran actuel — ne fut pas de tout repos. L'histoire se termine par un *happy end*. Beauté invincible du retour. L'ange Raphaël révèle sa vraie identité et disparaît dans le ciel tandis que le chœur final célèbre le sage gouvernement de Dieu sur Sa création. Haydn et son librettiste sont restés fidèles au sens du merveilleux du récit biblique magnifié par la virtuosité de Magda Kalmár.

Le journal de ce matin publie la photo d'un homme qui tournoie autour d'une corde, extraite d'une cassette vidéo. J'ai côtoyé ce supplicié assassiné « en représailles » par nos ravisseurs. Il y a quelques mois, sa femme m'a longuement interrogé à New York sur nos conditions de détention. Il s'appelait Higgins. C'était un colonel du corps des marines, vétéran de la guerre du Vietnam. Après ce meurtre, nos ravisseurs menacent d'exécuter un autre otage américain.

Je suis mollement allongé sur mon hamac. La maison se réveille. Les prévisions météorologiques de la journée sont excellentes. Un signe qui ne trompe pas : la violation de notre espace aérien. Trois avions de chasse de la base de Mont-de-Marsan survolent les Tilleuls dans un bruit de tonnerre. Leur finesse, la fulguration du passage contrastent une fois de plus avec la lourdeur tonitruante qu'ils laissent dans le ciel.

## 33

Seizième été aux Tilleuls… Le temps qui s'est écoulé permet d'écrémer bien des souvenirs, bien des enthousiasmes. Écrémer est d'ailleurs un vilain mot. S'il est vrai que la mémoire repose pour une large part sur l'imagination, il n'est pas opportun de la dépouiller de sa crème romanesque, cette crème qui émulsionne si bien le souvenir. Non, pas de maigre. Des sensations cent pour cent matière grasse.

Par une chaude matinée de juillet, je me trouve dans l'étude du notaire. Suis-je en train de vendre les Tilleuls ? La prédiction de Lapouyade est-elle en train de se réaliser, lui qui affirmait qu'avec une maison, l'important était l'emménagement ? Et le déménagement, le reste n'étant que du remplissage.

L'étude du notaire a beaucoup changé. Il y a quinze ans le client était accueilli derrière un comptoir plongeant directement sur le secrétariat et les clercs. Maintenant les bureaux sont isolés de la salle d'attente. Des lambris lazurés habillent les murs. L'odeur de vieux papiers a disparu. L'ensemble est pimpant et moderne.

Le notaire m'introduit dans son bureau. Il sourit :

— Eh bien, vous croissez. J'ai calculé : vous possédez à présent sept hectares.

— Sept hectares. Vous êtes sûr ? Vous savez bien que c'est pour me protéger. Je ne crois pas avoir la pulsion possédante.

— Oui, oui, je suis au courant, répond le notaire avec mansuétude.

Visiblement il connaît la chanson. On ne la lui fait pas. Il sait que l'instinct de possession et la convoitise sont depuis toujours au cœur de l'homme. Il doit s'amuser au fond de lui-même des alibis qu'on ne manque pas de lui opposer. Rien en fait n'a changé depuis Balzac, qui a eu raison de placer le notaire ou l'avoué au centre de *La Comédie humaine*, car dans ce domaine, pas d'évolution : l'homme est toujours égal à lui-même. Chez Balzac, le notaire n'est pas un personnage romanesque, il est mieux que cela : le romanesque repose sur lui, il est le porteur de secrets. Tous ces cartons avec des dates enfermant des dossiers racontent la même histoire : succession, cession, acquisition escortées par le calcul, la cupidité, l'envie. L'homme n'acquiert pas des biens, il ne jouit même pas de sa possession. C'est elle qui le soumet à sa loi. Il est possédé par elle.

Les notaires connaissent bien cette frustration essentielle. Ils ne disparaîtront jamais. Ils ont été inventés pour compenser ce sentiment d'impuissance. Les hommes auront toujours besoin de ces bouts de papier qui donnent un caractère d'authenticité à tous ces actes et à tous ces enregistrements qu'ils signent entre eux. Ces documents leur donnent l'illusion d'être les maîtres, de régner sur leurs choses. Ce qui est souvent déplaisant chez les gens riches, c'est la présomption possessive. Ils sont convaincus que tout est réglé, qu'ils jouissent pleinement de leurs richesses, que leur bonheur dépend de ce qu'ils possèdent. D'avoir du bien les persuade qu'ils sont bien. À trop pratiquer l'autosuggestion, ils deviennent pathétiques ou odieux.

Mon notaire sait qu'il est éternel. D'où cet œil exercé qu'il pose sur les êtres et son expression tranquille de satisfaction.

Je viens de faire une nouvelle acquisition : à peine un hectare. J'ai fini par convaincre l'ancien propriétaire des Tilleuls de me céder le bout de terrain qui lui appartenait encore. Cet achat permettra de me prémunir contre la fièvre immobilière qui gagne le village et s'étend à ses abords.

Les lotissements sont encore loin mais on n'est jamais trop prudent.

L'ancien propriétaire a consenti non sans plaisanter gentiment : « On ne vient jamais à bout de ces histoires de protection. Plus vous vous agrandissez, plus vous devenez vulnérable. C'est le b.a.-ba de l'art militaire : l'augmentation du périmètre de défense rapproche immanquablement de l'adversaire. » J'ai répondu que le voisinage ne constituait pas une menace. Les Tilleuls font partie d'un hameau composé de quelques maisons disséminées et presque invisibles les unes aux autres — un quartier, comme on dit ici. J'ai donc toujours eu des voisins et acheté les Tilleuls en connaissance de cause. Je suis venu chercher ici la paix et l'isolement. Ce sont aujourd'hui des privilèges que je désire conserver. Aussi bien la quiétude, une certaine solitude, ne sont jamais données définitivement, il faut, au prix d'une lutte opiniâtre, les arracher non seulement au monde extérieur, mais aussi à soi-même.

En sortant de l'étude, je me sens un peu désorienté. La chaleur sans doute. Je projette de regagner les Tilleuls par la forêt. Une occasion d'inspecter le domaine renforcé depuis peu par ce nouveau bastion de 0,7 hectare que je viens d'acquérir. Soyons juste : les Tilleuls sont un domaine ouvert, sans clôture, comme le veut la tradition landaise. Il est possible que je prenne trop de précautions.

La piste forestière au milieu d'un bois de chênes acheté il y a cinq ou six ans est encore empreinte de l'humidité nocturne. Les fougères exhalent une odeur rafraîchissante tandis que les ajoncs sentent déjà le desséché et le râpeux, à la limite du grillé.

Au milieu de ce bois de chênes sont dissimulés les vestiges d'un blockhaus édifié pendant la dernière guerre. Cet ouvrage en béton à moitié enterré est si bien camouflé par un talus de remblai qu'on peut passer à quelques mètres sans l'apercevoir. Enfant, le notaire jouait au milieu de ces ruines. C'est lui qui m'a révélé, il y a quelques années, la présence de ce bunker érigé par les Allemands alors qu'ils occupaient les Tilleuls.

Situé à deux cents mètres de la maison, cet abri constitue encore aujourd'hui un mystère pour moi. J'ai essayé d'en savoir plus sur sa construction. De la casemate, il ne reste plus que l'ossature des murs et des cheminées d'aération ainsi qu'une cuve en ciment remplie d'une eau noire. Plus de toiture. On peut se demander si le bâtiment a même possédé une couverture tant l'ensemble paraît inachevé. À moins qu'il n'ait subi un bombardement; ce qui semble improbable car aucune trace d'impact n'est visible. Je n'aime pas trop ce lieu qui dégage une tranquillité vénéneuse. Il sent le chat crevé. J'ai interrogé des témoins de cette époque qui ne se souviennent plus de rien. L'un d'eux s'est borné à dire que l'installation avait été conçue pour la protection des Allemands qui habitaient la maison. Le domaine était surmonté par une tour de guet. En cas d'alerte, les occupants pouvaient se réfugier dans le blockhaus. Mais il apparaît qu'un tel fait ne s'est jamais présenté.

Ces souvenirs vagues ou volontairement occultés ont avivé ma curiosité. L'ancien propriétaire, homme obligeant à l'esprit fin, s'est contenté de me remettre un jour un jeu de photos de cette période. Les Tilleuls étaient incontestablement une maison de rendez-vous. Une vue de la porte principale a été prise. Sur le linteau figure une inscription en lettres gothiques, *Waldcasino* (Casino de la forêt).

Un autre cliché représente une perspective de la demeure surmontée d'un drapeau frappé de la croix gammée. La hampe est coiffée d'une boule de cuivre.

Les Tilleuls n'auraient été occupés que pendant dix-huit mois. On y jouait, on y festoyait, on y couchait. Ce bousin était, semble-t-il, destiné au repos d'Allemands membres de l'organisation Todt, chargée de l'édification du mur de l'Atlantique. Mais, dernièrement, en visionnant chez le Voisin une série de tirages datant de l'Occupation, je me suis soudain arrêté sur une photo qui m'a paru familière. Trois Allemands en uniforme posaient devant une maison où le mot *Waldcasino* se détachait au-dessus de la porte. Je me suis aperçu aussitôt qu'il s'agissait des Tilleuls. À y regarder de plus près, les trois Allemands n'étaient pas d'inoffensifs militaires du génie mais des SS arborant l'écusson « tête de mort ». Ils étaient montrés plastronnant autour d'un véhicule militaire sur le capot duquel était posée une bouteille de champagne. À l'évidence on ne s'embêtait pas aux Tilleuls. Quelle ne fut pas ma stupéfaction un peu plus tard de constater que la boule de cuivre placée au-dessus du drapeau nazi couronnait à présent le pilastre de mon escalier.

Chaque fois que je chemine sur la piste forestière, je pense à cet épisode allemand. Depuis peu, cette histoire m'amuse moins. Un bobinard pour SS, c'est un outrage fait aux Tilleuls. Je me console en pensant que toutes les maisons cachent des secrets plus ou moins honteux. Les fantômes qui les hantent n'ont pas toujours été des saints. Plus que jamais, je suis persuadé que le passé ne disparaît jamais complètement d'une maison, qu'un flux magnétique résiste au temps et survit dans les murs. Ces interférences enveloppent la maison de leur force mystérieuse, elles influent sur son âme. Tels sont les pouvoirs occultes auxquels je crois. Lorsqu'on me raille sur ce chapitre, je garde le silence.

## 34

Seizième été. En fait, j'ai peu de goût pour cette comptabilité. Le travail cruel des années et le retour mélancolique des saisons m'indiffèrent. C'est un calcul qui n'a pas de prise sur cette maison. Elle représente pour moi un inaltérable printemps, propos qui pourrait être qualifié d'optimisme un peu niais s'il ne comportait une part de pathétique. Une saison, fût-elle celle du renouveau, ne saurait être suspendue dans un éternel reverdissement. J'ai la faiblesse de croire que la splendeur des débuts a laissé son empreinte lumineuse sur mon fief.

Tandis que j'avance sur la piste sableuse, j'admire au passage les levées de terre qu'on appelle ici des *dougues*. Ces dougues longtemps cachées par la végétation sont très anciennes [1] et

---

1. Bénédicte et Jean-Jacques Fénier, *Toponymie gasconne*, Éditions Sud-Ouest, 1992.

servaient aussi bien à délimiter les parcelles qu'à barrer le chemin au bétail. Un spécialiste du parc naturel régional des Landes de Gascogne est même venu les photographier. Cet expert pense que l'origine de ces talus, plantés de vieux chênes, remonte au Moyen Âge.

Je guette à présent le moment où la maison va surgir. Je sais pourtant que du côté nord, elle n'est guère à son avantage. Sous cet angle, son allure élégante disparaît au profit d'une masse lourde, accentuée par le toit en queue de palombe qu'encapuchonne le pignon de manière un peu godiche. À cette heure de la journée, le soleil n'accable pas tout à fait la lande pourtant plus vulnérable. Les bruyères, les ajoncs, les genêts gardent quelques traces de la nuit : ils propagent une odeur claire, pure, siccative. La chaleur sursoit pour un instant à son lever de rideau quotidien. À la mi-journée, l'air va s'alourdir brusquement d'une brume de chaleur puis s'enflammer. La forêt résiste plus longtemps à l'offensive. Il y a quelque chose d'outré, voire d'emphatique, dans cette montée en puissance. Les coups de l'été landais sont violents mais un peu théâtraux.

Mes derniers instants de solitude. Au cœur de l'été je vis retranché dans l'île aux Tilleuls — comme il m'arrive de la surnommer —, loin des grandes transhumances, à distance de l'océan pourtant proche, étranger à la pantomime à trois temps qui se joue sur les plages. Griller, barboter, sécher sont des activités auxquelles je répugne et que je trouve déprimantes.

Dans quelques jours, la famille va surgir, avec son cortège habituel d'excitation, de pitreries, d'amis, de dîners sous le platane. Oui, sous *le* platane car l'autre a disparu. Dieu sait si je les ai aimés ces deux arbres à la charpente colossale. Ils furent des compagnons fidèles et consolants. Aujourd'hui, le vieux platane nord a disparu. Il ne reste plus sur la pelouse que l'emplacement de son immense circonférence ouaté par la mousse. Depuis plusieurs étés, j'avais constaté que les feuilles flétrissaient dès le mois de juin. La maladie s'attaquait aux lobes puis gagnait la nervure. Le vieil arbre fut abattu au début de l'automne. Je connais la date : 1998. Depuis mon installation aux Tilleuls, je tiens en effet une sorte de livre de raison. Ce journal ne relate que la vie des arbres et de la nature. Il se borne aussi à décrire la physionomie du ciel, excluant tout état d'âme ainsi que toute notation personnelle.

Pendant plusieurs semaines, j'ai pensé que je ne me remettrais pas du vide laissé par le platane : un espace dégarni, absolument désolé. La place vacante mutilait l'airial. Comme un malheur ne vient jamais seul, les bûcherons chargés de couper l'arbre et de le tronçonner — une besogne qui nécessita plusieurs jours — constatèrent un matin qu'un filet d'eau s'échappait de la porte de la maison. Un autre spectacle de désolation. Une canalisation avait cédé au premier étage. L'eau s'écoulait sans doute depuis plusieurs jours. Elle s'était peu à peu déversée dans le rez-de-chaussée, noyant les plafonds, imbibant les murs sur lesquels s'appuyaient les étagères couvertes de livres. Plus de deux mille volumes furent ainsi détruits ou en partie détériorés par l'inondation.

Dans un autre moment de ma vie, avant ma captivité, un tel désastre m'aurait désespéré. Des deux coups du sort qui me frappaient simultanément, c'est sans aucun doute la mort du platane qui m'affectait le plus. Les espaces vides laissés sur les rayons par la perte des livres me contrariaient. Des ouvrages que je conservais précieusement depuis mon adolescence, des éditions rares n'étaient plus que des cartonnages difformes, enfermant des pages couleur café au lait que l'eau avait fait tripler de volume. Mais cette contrariété ne pouvait être comparée au chagrin causé par la mort du platane.

Ces deux événements me firent prendre conscience que je préférais finalement les arbres aux livres. J'appréciais pourtant ces derniers, leur présence chaude, le dossard rassurant et coloré des titres rangés sur les rayons. J'aimais évidemment les lire. Je les aimais d'une effusion tendre et raffinée, un amour courtois, platonique. Pour tout dire inattentif. Cet attachement n'avait rien à voir avec la volupté et même la débauche d'antan. J'avais perdu mon savoir-lire.

Après ma libération, j'étais certain de retrouver un jour l'appétit de ma jeunesse. À l'âge mûr, cette voracité ne m'avait pas quitté, elle s'était même accrue pendant la captivité. Les quelques livres qui m'avaient alors accompagné m'avaient sauvé. J'en avais gardé un tel sentiment de gratitude qu'une fois libre, je m'étais mis à leur recherche. Ils n'étaient pas tous d'une grande qualité littéraire — quelques-uns, des romans sentimentaux à quatre sous, furent lus avec autant de ferveur que des chefs-d'œuvre. Certains volumes étaient épuisés. J'avais demandé à des amis éditeurs, à quelques attachées de presse complaisantes de photocopier ces ouvrages qui n'étaient plus disponibles en archives qu'à un seul exemplaire.

Après deux ou trois années de recherches, j'avais fini par reconstituer ma bibliothèque de prison. Manquait toujours un livre : *A New Life* de Bernard Malamud, écrivain de l'école new-yorkaise. L'action se déroule dans une petite ville universitaire de l'Oregon, Cascadia, pluvieuse et bucolique. J'étais tellement épris de ce roman baignant dans une atmosphère libidinale que, lors d'un séjour dans l'Ouest américain, je m'étais rendu dans cet État uniquement pour retrouver la trace de l'université, qui bien sûr n'existait pas.

Le plus singulier est que j'avais dévoré ce livre en anglais, avec une passion qui m'étonnait. Par paresse, je n'avais presque jamais lu auparavant de romans dans cette langue. Dans le pétrin où j'étais, nécessité faisait loi. Je n'avais même pas eu le sentiment de déchiffrer les phrases, le sens des mots m'était soufflé à l'oreille sans que je bute un seul instant sur les subtilités du style de Malamud.

Une fois délivré, j'avais tenté de me lancer dans la lecture d'ouvrages en anglais. En pure perte. Dès les premières phrases, j'avais sévèrement patiné. Rien ne venait. J'avais vite renoncé. Il y a seulement quelques mois, j'ai retrouvé *Une nouvelle vie* [1], cette fois en français, chez un bouquiniste. J'en ai commencé fébrilement la lecture mais n'ai pu aller jusqu'au bout. Cette bibliothèque du passé ne suscite plus désormais aucune émotion.

Le lien profond qui m'attachait aux livres est bien rompu. Je tiens cette cassure pour une véritable infirmité. C'est aux Tilleuls plus qu'ailleurs que j'ai pris conscience de cette malédiction. Je suis entouré de livres et je n'ai pas faim. Je picore, j'avale, je ne finis pas. Je songe souvent à Borges qui, devenu aveugle, continuait à acheter des livres.

1. Gallimard, 1964.

Je ne suis plus en état de lire normalement. Mais quelle est la norme dans ce domaine ? Une application continue ou tout au moins raisonnable, une façon de se laisser porter par le texte, d'adhérer à la convention des personnages et du récit. Cet abandon n'agit plus ou agit mal. C'est la particularité de l'infirme de n'être atteint que partiellement. Parfois le pacte passé avec l'écrit fonctionne, mais ce miracle ne se produit que très rarement.

Qu'elle est loin la beauté sobre des *Géorgiques* ! Je subissais l'envoûtement d'un monde élémentaire : le froissement des eaux, l'humidité des prés, le parfum des vergers. Ces mots fruités et charnus appartiennent à un temps où l'on pouvait faire poésie de tout, parce que tout était enchanté. J'ai bien essayé de me lancer dans l'*Énéide*, mais le charme n'a pas opéré. Cependant, je ne suis pas un ingrat : j'ai essayé d'en savoir plus sur Virgile qui, dans une période périlleuse, m'avait fait passer de si bons moments. L'auteur des *Géorgiques* n'était pas si ami que cela avec Auguste. Il le critiquait de manière cryptée. L'empereur l'aurait fait assassiner en dissimulant les preuves [1].

---

1. Jean-Yves Maleuvre, *La Mort de Virgile*, Jean Touzot éditeur, 1992.

Je m'applique à renouer le fil perdu. En apparence rien n'a changé. Il m'arrive de parler des ouvrages que j'ai lus avec sentiment et même parfois avec une certaine sagacité. Mais j'ai la sensation qu'ils ont perdu une grande partie de leur pouvoir sur ma vie. J'ai longtemps pensé que j'exagérais cette nouvelle inaptitude, mais après l'expérience que j'ai faite — une relecture systématique de ma « bibliothèque libanaise » —, j'en doute.

En principe, ces bouquins-là étaient différents. Ils avaient droit à un traitement particulier. Ne m'avaient-ils pas arraché à ma condition misérable, ne m'avaient-ils pas soustrait, au moins un temps, à l'adversité ? Grâce à eux, j'avais échappé à la malédiction du prisonnier incertain de son sort — la porte de la cellule qui s'ouvre peut signifier la délivrance ou la mort. Il fallut se rendre à l'évidence : je ne subissais plus l'ensorcellement — car, au plus profond du cul-de-basse-fosse, la lecture opérait à la manière d'un sortilège.

J'ai agité toutes sortes d'hypothèses pour connaître les raisons de ce désenchantement. Il existe certainement un rapport entre le silence et la lecture. Quand je lisais, le silence de ma cellule cessait d'être menaçant. Il devenait prometteur, vivant. Entre le livre et ce mutisme se créait une complicité exceptionnelle. Un don de l'esprit. Ou peut-être une « présence réelle » comme dit

Georges Steiner [1] qui soutient que « lorsque nous sommes mis en face d'un texte, c'est un pari qui porte de fait sur la transcendance ».

Cette expérience du sens que j'ai connue au fond de ma prison s'apparente-t-elle à « la présence de Dieu », comme il l'avance ? Aucune explication ne me paraît convaincante. C'est comme si dans mon cerveau une connexion avait été sectionnée. Une sorte de lobectomie. Ai-je trop accordé crédit à l'autorité des livres qui est aussi un pouvoir de l'illusion ? La disparition de l'illusion est une maladie de l'époque, elle n'a rien à voir avec mon problème personnel. Les gens n'ont plus d'intérêts chimériques. Ils ont perdu l'enchantement. Le « vieux levain » a fait retomber la pâte. Les hommes sont devenus résignés et indifférents.

Ces histoires que j'ai vécues par procuration m'ont pourtant tiré d'affaire. Ces ouvrages étaient pour la plupart des romans. La littérature, Dieu merci, ne se limite pas à ce seul genre — « le roman, ce cannibale qui a dévoré tant de formes d'art », disait Virginia Woolf. Mon inappétence ne s'applique pas par exemple à la poésie que je lis toujours avec la même ferveur.

1. Georges Steiner, *Réelles présences*, « Les Arts du sens », Gallimard, 1991.

Ce goût profond de la lecture qui était aussi une névrose s'est déplacé ailleurs. À présent je plante des arbres avec le fanatisme que je manifestais autrefois pour les livres. Mes proches s'inquiètent de cette nouvelle toquade. Ce déplacement de l'œuvre écrite vers les végétaux n'est apparemment pas de même nature. À moins que je ne recherche dans les arbres la « présence » perdue. Devant mon airial, j'éprouve le même plaisir qu'autrefois devant ma bibliothèque.

Cette dernière est désherbée régulièrement, les livres éliminés sont entreposés dans des caisses sous l'escalier. Les visiteurs n'ont qu'à y puiser.

## 35

L'airial n'a pas retrouvé son aspect d'antan. J'ai écouté les conseils d'Urbain et du Voisin. Ce dernier, qui a le goût de la citation, a transformé pour l'occasion le mot d'ordre d'André Chénier : « Sur des pensées antiques, faisons des vers nouveaux. » Voilà les conseils qu'il m'a donnés avec cette touche épuisée-chic qui ne l'abandonne jamais : « Métamorphosez votre airial sans en détruire l'esprit initial. De toute façon, vous n'avez pas de basse-cour qui gratte, picore et engraisse le gazon. Cette époque est révolue. Nettoyez le terrain, dégagez les arbres morts, gardez intacte la surface avec les massifs et les buissons. Surtout ne clôturez pas. Et plantez de nouvelles essences. »

Sur ce dernier point, j'ai outrepassé les conseils du Voisin. Il faut dire que l'airial renfermait une multitude d'arbres arrachés par la tempête ou morts de vieillesse. J'ai mis des années pour venir à bout de cette jungle qui ne manquait pas de beauté, une beauté non pas funèbre mais au contraire vivante, tumultueuse, quoiqu'un peu secrète. Tout un peuple d'oiseaux y nichait : ils menaient au printemps, sur un fond d'odeurs tout aussi désordonnées, un sabbat d'enfer. Ranimée par les beaux jours, la décomposition des feuilles mortes dégageait des fragrances brutales auxquelles se mêlaient les exhalaisons du bois pourri régénérées par le soleil et le vent printanier.

Tout ce biotope longtemps putréfié par la pluie, nécrosé par les rigueurs de l'hiver, se désengourdissait pour renaître et embaumer l'airial d'un parfum épicé, frais et jubilant comme une giboulée de mars. Au milieu des années 90, je m'étais résolu à détruire cet incroyable réservoir à odeurs. Cette partie de l'airial conservait néanmoins les impressions olfactives du passé : des points odorants qui ne parvenaient pas à s'éteindre et qui renaissaient sous l'effet de phénomènes météorologiques tels que la direction du vent et les basses pressions. J'emmenais mes hôtes à cet endroit et flairais l'air avec enthousiasme : « Vous ne sentez pas ? » Mais les invités, même les plus polis, ne sentaient rien.

Chaque année le mois de novembre est consacré à la plantation de nouvelles essences. C'est un moment de l'année que j'aime pardessus tout — on pourrait se demander si, dans cette thébaïde, il existe une époque que je n'apprécie pas. Novembre est la période des grandes tempêtes et des pluies majestueuses. Elles ruissellent noblement sur la maison, dans la clairière et sur les arbres, presque de loin, empesées, maintenant un régime digne et régulier que vient souvent contrarier la violence du vent et qui lui fait perdre son aspect hiératique. Novembre est aussi le mois des journées solaires. Elles font monter de la forêt l'odeur tiède d'humus et d'encens si insinuante qu'elle provoque un effet hypnotique.

Auparavant, pour me faire plaisir, on m'apportait des livres en guise de cadeau. À présent mes amis m'offrent de jeunes arbres. Quelques-uns sont morts. Ou bien ils ne convenaient pas au climat landais ou bien ils étaient livrés à racines nues, en plein été, et ne parvenaient pas à prendre. Quand ces amis reviennent l'année suivante, ils veulent voir leur arbre. Comment leur expliquer qu'il n'a pas supporté la transplantation ? J'invente des histoires à dormir debout, indique une essence qui n'est pas la leur. Généralement ils n'y voient que du feu. En revanche quelle satisfaction pour le donateur de contempler son arbre bien vivant. Non seulement le sujet a prospéré, mais aussi il concourt à la belle ordonnance de l'airial.

« Tu te prends pour un hobereau », m'a lancé un jour un ami.

Cette réflexion m'a terriblement vexé. Je n'ai pas acquis ces quelques hectares de landes par naissance mais par hasard. Je chéris la nature, mais je ne me sens pas l'âme d'un propriétaire terrien. Ce pays n'est pas le mien. La glèbe que l'on sent sous ses pieds est la même partout. Seule la couleur change et l'idéologie qu'on prétend lui assigner. Je n'ai même pas choisi cette campagne. Elle s'est proposée à moi, par défaut, à une époque confuse de mon existence. J'étais alors à peine réveillé de mon cauchemar.

Un terrien croit à la primauté de l'enracinement. Il est persuadé d'avoir été choisi. Il a besoin de se sentir rassuré par la soumission à un ordre des choses, par une fidélité à des valeurs ancestrales. La transmission, les privilèges de la naissance l'apaisent. Ce n'est pas mon cas. Pour moi, la propriété relève de la pensée magique. L'appropriation n'est qu'une usurpation. Elle est d'ailleurs provisoire. Après moi, mes enfants vendront peut-être les Tilleuls. L'idée que des inconnus profiteront des arbres que j'ai plantés n'est pas pour me déplaire.

Je me sens un apatride. Dans le village, peu de gens me connaissent. Je suis un horsain. Je ne fraie avec personne excepté le Voisin. Je ne fais partie d'aucun groupe. Probable qu'on me trouve bêcheur. Néanmoins cette forêt dont il semble qu'on ne verra jamais la fin appartient à mon univers. La maison dans la clairière est mon point d'appui. Je ne puis en changer. L'espace landais me donne le sentiment d'avoir carte blanche, l'immensité d'avoir à jamais le champ libre.

L'airial, son passé, son présent et son avenir : on n'y coupe pas quand on séjourne aux Tilleuls. Je me demande parfois si Urbain n'est pas devenu jaloux des connaissances que j'ai acquises sur le sujet. Il n'arrête pas de me contredire sur des détails.

L'airial revient de loin. Il est devenu aujourd'hui un « enjeu patrimonial ». En 1993[1], cette spécificité landaise a même été labellisée par le ministère de l'Environnement — autre signe des temps, le cercle ouvrier de mon village vient d'être reconnu comme un « café historique et patrimonial ». Les lieux du passé persistent et sont honorés ; il faut s'en féliciter mais la mémoire disparaît[2] ou s'enjolive. Qui se souvient encore dans le département des grèves et des révoltes des années 20 ? Mon voisin de Trensacq, le poète Bernard Manciet, parle d'un « âge d'or affamé[3] ».

Sur le choix des essences, Urbain émet aussi des critiques. Il prétend que certaines ne sont pas

---

1. *L'Airial landais*, CAUE des Landes, 2000.
2. Jacques Sargos, *Histoire de la forêt landaise, du désert à l'âge d'or*, L'Horizon chimérique, 1997.
3. *In* Félix Arnaudin, *Imagier de la Grande Lande*, L'Horizon chimérique, 1993.

appropriées au milieu landais, que c'est une offense à la tradition. J'ai pris des risques, je le reconnais, en rompant avec les habitudes, mais, contrairement aux accusations d'Urbain, j'ai toujours eu soin de sélectionner des arbres compatibles avec la météorologie et la nature du sol. C'est ainsi que des espèces comme l'orme de Sibérie, le plaqueminier, le pavier, le savonnier, le micocoulier ont pu être acclimatées aux Tilleuls.

## 36

L'airial a belle allure, mais à quel prix ? La terre des Landes me désespère. Ce matin j'ai arrosé, constatant comme à chaque fois que le sable mat laissait passer l'eau sans la fixer. Le lessivage creuse un peu plus la surface, formant de petites vallées bien nettoyées aux échancrures blanchies par le rinçage. La terre des Tilleuls est ingrate. On a beau y déverser de l'humus, de la tourbe, du fumier, le sable finit toujours par réapparaître. À tout ce qu'il touche, il transmet sa nature pulvérulente.

Ce sable qui resurgit, je le compare volontiers à ma condition, à ce passé qui ne cesse de remonter à la surface. Il métamorphose tout sur son passage, exerçant sur moi un pouvoir absolu. De ce passé qui a pu me montrer ma vulnérabilité, je me suis servi comme d'un tremplin. L'histoire des deux souris qui tombent dans une jatte de lait m'enchante. La première crie « Au secours » et se noie. La deuxième bat tellement des pattes qu'elle se retrouve sur une motte de beurre.

Reprendre une vie normale, il n'en était pas question. Dès mon retour, je me suis empressé d'adopter aux Tilleuls une existence résolument *anormale*. C'est probablement ce qui m'a sauvé. Une fois libéré, j'avais vite compris qu'il me serait impossible de renouer avec la vie d'antan. Pour l'occasion, j'avais inventé le syndrome de Luis de León, du nom de ce théologien fameux de Salamanque qui fut arrêté au beau milieu de son cours par le tribunal de l'Inquisition. Torturé puis condamné, León passa une dizaine d'années en prison. Libéré, il reprit son enseignement à l'université, à l'endroit même où il l'avait abandonné en disant : « Comme je le disais hier », voulant signifier par là qu'il évacuait ces années terribles.

Tout invite l'ancien reclus et ses proches à se reporter à la période d'*avant*, à recommencer comme si de rien n'était. Je répugne à me prévaloir de mon malheur passé. Je ne l'oublie pas pour autant. Je lui suis absolument fidèle : « Je ne veux pas qu'on m'intègre. » Cette phrase d'un héros de Sartre est la mienne. Dans quel monde suis-je ? J'ai pu m'échapper de l'autre rive, mais une chose est sûre : je ne serai jamais d'ici.

Cette maison s'est imposée comme un refus du syndrome de Luis de León. À l'époque, je n'en avais pas conscience. J'avançais à tâtons, me fiant à ma seule intuition. Dans mon dos, je sais qu'on formulait les plus sombres pronostics. Ce repli, ce goût de la solitude, cette oisiveté étaient des signes pour le moins inquiétants. Il fallait se rendre à l'évidence : ce type-là était définitivement brisé, il ne se remettrait jamais de cette histoire. Je laissais dire, jugeant même que cette commisération prenait un tour plaisant ; j'y voyais comme un divertissement aux dépens de mon entourage. J'arborais une mine sombre, je parlais peu. On ne s'y frottait pas. Cette apparence me protégeait plus sûrement qu'une cuirasse. Castor et Pollux, le Voisin et sa femme et, dans une moindre mesure, Urbain, Lapouyade et la vahiné m'avaient préservé de la destruction en vaquant à leurs propres affaires. Ils se comportaient à peu près normalement avec moi. Chacun à sa manière avait respecté mes lubies.

De toutes ces personnes, ma femme avait le mieux compris le besoin de retraite qui me permettrait ensuite de me déployer. Ai-je d'ailleurs pris mon envol ? Mes pensées vont souvent à Robinson Crusoé, à sa délivrance, à son rapatriement. J'en veux un peu à ce forban de Daniel Defoe. Le retour de l'ancien naufragé qu'il a imaginé pour refaire un beau coup de librairie n'a aucun intérêt. Robinson Crusoé le survivant se transforme, comme on le sait, en homme d'affaires. À peine est-il secouru qu'il n'a de cesse de se lancer dans le négoce. Il laisse des colons sur son île pour en tirer le plus grand profit. Ce comportement mercantile peut se comprendre. Une manière concrète après tout d'appliquer le précepte de saint Augustin : « Il ne faut pas perdre l'utilité de son malheur. » Robinson aurait pu se contenter de l'exploitation de son île qui devait lui procurer de substantiels revenus, mais non, il lui faut trouver d'autres bons filons, vendre, revendre, trafiquer. En fait, le plus clair des aventures de Robinson Crusoé relève du business. Et dans ce nouveau rôle, il n'est guère conforme à l'extraordinaire ingéniosité et à l'énergie vitale qu'il avait su montrer dans l'adversité.

Dans *Les Noyers de l'Altenburg*, Malraux fait dire à l'un de ses personnages que, pour qui a connu les prisons, seuls trois livres conservent leur vérité : *Robinson Crusoé, Don Quichotte* et *L'Idiot*. Il fait allusion sans doute au récit de la survie dans l'île qui ne constitue pourtant qu'un tiers du livre de Defoe.

Réussir son retour est pour le rescapé presque aussi difficile que tenir pendant l'épreuve. Dans le trou, il résiste. Il n'a pas le choix. Hors du trou, il a le choix, tous les choix. Il est maître du jeu. Problème de taille : le jeu est trop ouvert, béant pour celui qui vient de s'extraire d'une existence réduite à sa plus simple expression. Par où commencer ? C'est là que les ennuis commencent. Mais ce ne sont que des ennuis, pas des tragédies.

## 37

Cette maison m'a-t-elle guéri ? Je pense qu'elle m'a simplement décontaminé, débarrassé de mauvais ferments tels que le ressentiment, la soif de vengeance, la passivité, le goût de la dévastation, sans parler de cet esprit de lassitude qui a envahi le siècle. Cette maison m'a défripé le cerveau.

Un signe : je n'ai désormais plus besoin de me doper au café. La nature modérée et aérienne du thé, exempte d'épaisseur, semble me convenir. Je regrette cependant l'odeur compacte et énervante du moka dans la maison.

Aux Tilleuls j'ai retrouvé ma mémoire sensitive. Tout prisonnier est un prisonnier de la perception. Il est étroitement enfermé dans un univers sensoriel qui le tourmente sans cesse et avive le sentiment de sa condition. Impossible de s'extraire de la tache de moisissure sur le mur. Elle devient un motif si obsédant que cet assujettissement ne laisse aucun répit à l'esprit. Il est esclave du moindre son qu'il lui faut identifier à tout prix. Les miasmes si caractéristiques de la prison s'imposent tyranniquement à son odorat et l'isolent un peu plus — l'olfactif, logé dans la partie la plus archaïque du cerveau, est hélas le sens qui fonctionne le mieux dans une telle situation. Quant au toucher, il est mortifié par la matière nue, la brutalité du béton et du métal. Ces sens trop impressionnables réveillent dans la douleur les émotions du passé. Ils favorisent surtout une pénétration plus lancinante du présent. Être enfermé, c'est déverrouiller les cinq sens. Ils sont libres, ils s'emballent et se dérèglent. Constamment en alerte, le prisonnier ne sait plus où il est.

Dans ma campagne, il m'a fallu accomplir le chemin inverse : apprendre à recueillir dans la sérénité les sensations en provenance du monde extérieur. En fait, je n'ai eu besoin ni d'apprendre ni de m'imposer des règles de conduite. Je réalise aujourd'hui combien cette improvisation me fut bénéfique. Cette totale absence de méthode porte peut-être un nom : l'instinct vital, ce principe opportuniste et navigateur qui empêche le naufrage.

Alors que j'inspecte l'airial, jugeant que j'ai commis des erreurs — plantation trop serrée, bévue classique du débutant —, j'aperçois un 4 × 4 qui roule au loin sur la piste forestière. Je ne peux m'empêcher de songer à Lapouyade et à son monstre chromé qui m'a amené aux Tilleuls. Je devrais éprouver un sentiment de reconnaissance pour ce véhicule, mais ce n'est pas le cas. Lapouyade au fond était un pionnier. Il fut l'un des premiers à posséder cet engin qui aujourd'hui fait fureur. Cette voiture tout-terrain convenait bien à M. Podium. Grâce au 4 × 4, l'époque s'est podiumisée avec ce besoin trouble d'être juché, de dominer. La plupart de ces tape-culs ne connaîtront jamais que les routes goudronnées. Ceux qui n'en possèdent pas en disent du mal. Il est banal de les dénigrer. Il faut reconnaître qu'avec leur aspect rogue et menaçant, ces gros sabots sont peu sympathiques. Et pourtant, ils prolifèrent. Les 4 × 4 sont devenus la plaie des Landes. Chaque week-end, les Bordelais se croient obligés d'exhiber et de promener dans la forêt leur nouveau modèle. Ils sont fiers de regagner Bordeaux avec des traces de boue sur le capot.

Cela fait une éternité que je n'ai vu Balloon. Il a fondé sa propre affaire à Bordeaux, « très performante » paraît-il. L'agence Attila a été vendue à un groupe immobilier national. Lapouyade ne met plus les pieds dans les Landes. Il a suivi un régime amaigrissant. Il s'est desséché. La minceur lui va mal : il a l'air d'un vieillard. Il a acheté une splendide villa les pieds dans l'eau à Cap-Ferret. Le week-end, Lapouyade va « au bassin » et côtoie les propriétaires viticoles du Médoc et de

Saint-Émilion. Cela suffit à son bonheur, disent les gens d'ici. Il n'empêche que Lapouyade est le donateur le plus généreux du Festival de la Grande Lande, raout culturel qui rassemble chaque année tradition et modernité. Lapouyade est devenu très riche. Il demeure un personnage complexe.

## 38

Le souvenir de l'installation aurait pu me rendre nostalgique. La vérité est que je déteste la nostalgie. Je la vois comme une émotion stérile et trop arrangeante. La nostalgie, c'est l'enfant de Saturne, le dieu morbide et immobile. Je n'éprouve aucune mélancolie à me souvenir d'un moment si critique de mon existence. Comment pourrais-je m'attacher à ce passé si incertain alors que tout en moi était sinon détruit du moins endommagé ? Ma situation, je la comparais à rien de moins que la dévastation de l'immédiat après-guerre. Ce ciel d'enluminure qui me blessait les yeux habitués à l'obscurité, ce monde élémentaire et vide qu'il importait de combler et de reconstruire étaient empreints de pureté. Celle des commencements.

Aujourd'hui j'ai du mal à mesurer le chemin parcouru. Me suis-je tout à fait dépouillé du « vieil homme qui se corrompt en suivant l'illusion de ses passions » décrit par saint Paul. En apparence rien n'a changé, mais tout est différent. Je passe de longues périodes dans cette maison, souvent dans la solitude. Au fond de cette forêt, je me suis installé en marge du temps, dans la position du spectateur. Cet homme qui contemple est certes bienveillant mais ne serait-il pas un peu passif ? Cette posture peut traduire un rétrécissement. Ce n'est pas ainsi que l'on « se revêt de l'homme nouveau » dont parle l'auteur de l'*Épître aux Éphésiens*. Le monde extérieur n'est pas devenu pour moi hostile ou malfaisant, il est tenu à distance.

Ces trois années de captivité constituent sans doute une expérience du malheur, mais elles sont surtout un échec. Être pris, connaître l'humiliation et la peur, éprouver quotidiennement l'exceptionnelle stupidité de geôliers, avoir toujours le dessous, il n'y a pas de quoi se vanter ; ce n'est pas un accident de parcours mais un ratage. Vous tournez mal, vous entraînez votre famille et vos proches dans ce naufrage. Être un survivant n'est pas davantage une victoire. C'est une séance de rattrapage. Bien sûr, on peut convertir un revers en prouesse, transformer une défaite en un dénouement heureux. Mais le fiasco originel est là. Il peut être retourné, transmué, sublimé, tout ce qu'on veut, il reste définitivement écrit en lettres de feu.

Mon installation aux Tilleuls s'est faite au moment de l'affaire Salman Rushdie. Depuis,

Hachemi Rafsandjani est devenu la quarante-cinquième fortune du monde selon le magazine *Forbes*. La fatwa a été levée. Dans ce domaine, les choses n'ont guère progressé, ou plutôt si : elles ont évolué en pire. Le monde retentit d'injonctions, de mandements, d'anathèmes. La collectivité est accablée de protocoles, de prescriptions, d'interdictions censés faire son bonheur. À ce train-là, nous allons vers un État où, comme dans *1984*, ne subsisteront plus que quatre ministères : la Paix, la Vérité, l'Abondance et l'Amour — dans Orwell, le ministère de l'Amour est le plus effrayant, il n'a aucune fenêtre.

Je refuse toutefois de faire chorus avec les prophètes de malheur qui expliquent que la situation ne cesse d'empirer. Je ne les ai pas attendus pour me rendre compte que les quatre cavaliers de l'Apocalypse se rapprochent : la domination, la guerre, la pestilence et la mort. Je les ai vus naguère patrouiller non loin de moi. Ils s'avancent de plus en plus près. Ils ne sont plus en reconnaissance mais en terrain conquis. On ne fait guère attention à ces éclaireurs déployés, bannière au vent. Le glaive dans le fourreau bat les flancs des montures. Le chevalier noir tient une balance à la main. Ce qui est inquiétant, c'est qu'ils ont l'air calme et sûr d'eux. Il y a quelque chose d'inexorable dans leur progression.

Tout cela est vrai et terrifiant. Cependant mon être profond refuse d'envisager la victoire des amoureux de la mort. Par-delà la crainte fait écho un accord fondamental qui me lie au monde et à la nature. En dépit de ces menaces, mon existence est portée plus que jamais par le désir de vivre, de sentir, de regarder. Surtout de regarder car je suis devenu un spectateur irrassasiable du monde. Cette disposition, je la dois à la maison dans la clairière. Aux Tilleuls, j'ai pris conscience de cette évidence : être vivant suscitait en moi une joie invincible. Maintenant la course des jours s'accélère, la carcasse geint, l'esprit se dégrise, la parole rabâche, mais l'âme garde intacts son ardeur et son élan vital. Rien ne peut résister à une telle alacrité.

La vie est-elle un métier ? J'ai lu avec passion le journal de Pavese, *Le Métier de vivre*, qui s'interrompt le 27 août 1950 avec le suicide de l'écrivain dans une chambre de l'hôtel Roma à Turin. Le livre se termine ainsi : « Pas de paroles. Un geste. Je n'écrirai plus. »

Pourtant il a inscrit cette phrase : « L'unique joie au monde, c'est de commencer. » Ce monologue sans faits, sans anecdotes, presque sans noms de personnes est admirable.

Vivre. À l'évidence, Pavese n'a jamais eu la vocation (n'a-t-il pas écrit un recueil de poèmes intitulé *Travailler fatigue* ?). J'aime ce métier.

Malgré la violence et la vulgarité de ces « sombres temps », le principe vital est plus ardent que jamais. Le métier de vivre est pourtant pénible. On s'y éreinte. C'est souvent répétitif. Mais pour rien au monde je ne renoncerais au charme douloureux de ma condition d'homme.

Un regret cependant : à peine a-t-on acquis quelque compétence qu'il faut partir. L'emploi est beaucoup trop provisoire, c'est vrai, mais il me procure souvent de l'allégresse. Pas l'allégresse du travail bien fait car il est impossible d'exercer ce métier avec compétence. Ce sont néanmoins ces moments-là que je désire retenir.

Je sais qu'il ne faut pas trop s'attacher. « Celui qui aime sa vie la perdra », assure l'apôtre Jean.

## 39

Le tour de l'airial que j'effectue quotidiennement fait partie de ces joies simples. Elles ne sont pas exemptes de contrariétés. J'évoquais tout à l'heure la terre ingrate des Landes — assurément il y a des malheurs plus grands. Personne ne peut rien contre la nature du sol. En revanche, il me faut affronter deux terribles adversaires : les chevreuils et les bambous. « Bambi et bambou », comme le résume plaisamment Joëlle. Dès mon arrivée aux Tilleuls, je les avais clairement identifiés. Ces deux-là, qui a priori ne figurent pas parmi les nuisances de la nature, allaient me donner du fil à retordre. Aujourd'hui, je ne souhaite pas qu'ils disparaissent mais qu'ils se contiennent.

Les invités des Tilleuls ne comprennent pas une telle hostilité à l'égard de ces gracieux cervidés. Certains petits déjeuners pris sous l'auvent donnent l'occasion de voir à quelques mètres les chevreuils bondir dans la lumière du matin. Une telle scène comble tous les fantasmes de la vie à la campagne. Les uns ont l'impression de participer en direct à un passage de *Bambi*, les autres de vivre un moment de *Walden ou la Vie dans les bois*, le chef-d'œuvre de H. D. Thoreau. J'ai beau expliquer à mes amis que les chevreuils ne sont que des prédateurs, je me heurte à un mur. Les premières années, les jeunes essences sont mortes les unes après les autres. J'ai vite compris la cause de cette hécatombe : les chevreuils. Ces charmants animaux adorent l'écorce des jeunes arbres. Ils épluchent consciencieusement le tronc. Une fois l'écorce mangée, l'arbre meurt. Ne parlons pas des rosiers. J'ai cru longtemps qu'en les plantant au plus près de la maison, ils seraient protégés des chevreuils. Mais rien ne les arrête. Que de fois les ai-je observés devant moi, à quelques mètres, croquer des boutons de rose. Ils me narguaient. Je m'attends à voir un jour un faon pénétrer dans le salon et brouter le tapis.

Et les bambous ? C'est à peu près la même chose que pour les chevreuils. Là encore mes amis comprennent mal ma vindicte. Ils pensent que c'est un privilège de jouir d'un arbuste aussi exotique. Plusieurs visiteurs ont emporté des rhizomes afin de les acclimater chez eux, mais la transplantation échoue la plupart du temps. Hélas la terre acide et la chaleur humide de la Haute

Lande plaisent particulièrement au bambou, l'herbe diabolique. Il y a quelque chose d'insidieux et de monstrueux dans son avancée. Chaque année, la multitude s'approche un peu plus près de la demeure. Son invasion est fulgurante. À peine ai-je le dos tourné que les racines souterraines progressent sournoisement, resurgissant loin du périmètre qui leur est assigné.

En mai et en juin, armé d'un taille-haies, je passe des journées entières à décapiter les jeunes pousses. C'est un combat qu'il faut livrer quotidiennement. Le lendemain tout est à refaire. Les gros épis jaillissent de terre comme une armée menaçante. Je verrais bien un film d'horreur avec pour personnage principal le bambou.

# 40

La marque cimentée de la bétonnière sur la pelouse n'a pas totalement disparu. Néanmoins elle s'efface un peu plus chaque année. L'herbe a pris le dessus, la plaque longtemps durcie s'est désagrégée. Comment l'oublier lorsque je suis assis sur mon banc face à l'unique platane ? Outre la trace de mortier, le sol est souvent parsemé de quelques bagues de cigare, vestiges de mes fumeries vespérales. Chaque soir, lorsque le temps le permet, je déguste mon havane près de la tache de ciment. Je la touche presque du pied. Je pense à Castor et Pollux, c'est inévitable.

J'ai revu Pollux une seule fois au marché de P., coiffé de son bonnet phrygien. Il se tenait debout derrière un étal sur lequel étaient posés quelques pots de miel, des tresses d'ail et des œufs dans un panier. Je suis allé vers lui l'air joyeux. J'ai dû m'arrêter net. À l'évidence, Pollux ne me reconnaissait pas — à moins qu'il ait fait semblant de m'ignorer. Un peu honteux, j'ai battu en retraite.

Parfois, je me demande si les Dioscures ont une réalité — d'après la légende, Castor est voué à la mort, alors que Pollux, qui a droit à l'immortalité, y renonce en partie par amour pour son frère. Ainsi chacun n'a d'existence qu'un jour sur deux. La sœur du Voisin, qui s'est mariée avec un ingénieur informaticien, et que je revois de temps à autre, est intriguée elle aussi. Peu de temps après la fin des travaux, elle les a aperçus une ou deux fois au marché. Puis ils ont disparu.

La sœur du Voisin est mère de trois jeunes garçons et d'une fille. Avec la maternité, elle a perdu son visage dépité et sa brusquerie. C'est à présent une vraie beauté, repue et flegmatique. L'entreprise Calasso a été rachetée par une grosse boîte de BTP girondine. Urbain prétend avoir entrevu à Paris les Dioscures dans une exposition consacrée à l'urbanisme, mais il n'en est pas sûr.

Je sais gré à Urbain de m'avoir aidé à résister à l'installation de la piscine. Avec une totale mauvaise foi, il a multiplié les obstacles. La guérilla avec Joëlle a duré plusieurs années. C'était un combat perdu d'avance. On ne lutte pas contre cette injonction du « bel aujourd'hui » et contre une épouse patiente et pugnace. L'emplacement a été choisi après de longues négociations. La piscine est soigneusement dissimulée derrière un mur en ruine, à bonne distance de la maison, de telle sorte que personne ne peut soupçonner son existence. Pour bien marquer ma désapprobation, j'ai choisi de la séparer de la maison par une haie de berberis, arbuste très épineux. Malgré cette fantaisie vaguement honteuse, le domaine n'a pas perdu son âme. Je trouve même un certain agrément à cette piscine dans la mesure où elle attire tout le monde loin de la maison. Celle-ci est donc particulièrement tranquille pendant les mois d'été. J'entends, très étouffés, les cris et les bruits des plongeons. Voilà finalement la retraite que j'appelais de mes vœux : j'y suis seul mais pas isolé, relié à distance à l'activité et à l'énergie de ma famille et de mes amis.

Lorsque j'entre dans la maison, je suis saisi une fois de plus par la fraîcheur de l'intérieur qui contraste avec la chaleur du dehors. Les pièces sont plongées dans la pénombre. Les volets ont été cabanés.

Toute demeure possède une sorte d'ADN aromatique. C'est sa marque propre, elle ne ressemble à nulle autre. J'aime les effluves de boîte à cigares et de fruits secs qui émanent du rez-de-chaussée avec un fond d'odeurs de vieilles bottes, de fagots et de cheminée. Au printemps et jusqu'au milieu de l'automne s'ajoute le parfum des roses que les chevreuils ont épargnées. C'est un bouquet lourd, presque liquoreux, en même temps qu'un peu citronné. Cela me fait penser à l'arôme velouté et un peu acide des vins issus de gewurztraminer.

Quand je reviens aux Tilleuls après une longue absence, une fois la porte ouverte, j'entre presque sournoisement dans la maison comme si je voulais la surprendre, pour savoir comment elle a supporté l'éloignement. C'est devenu une sorte de rituel : il me faut parcourir rapidement les pièces sombres, vaguement irradiées par la lumière de la porte d'entrée et la fente des volets. Dans ce saisissement — c'est comme si je la découvrais dans son sommeil — je me dis : « Tant de choses sont survenues depuis que je l'ai quittée ! Et elle est toujours là. À m'attendre. » En voyage, je ne cesse de penser à elle. De même, c'est avec un serrement de cœur qui ressemble à de la souffrance que je m'en vais des Tilleuls. Il se produit alors un flottement, une sorte d'enrayement dans mon comportement. L'angoisse m'étreint. C'est décidé, je reste. Mais non, il faut partir…

# 41

Comme cette maison m'apparaissait immense après les travaux ! J'avais tellement souhaité qu'elle restât ainsi, nue, avec des murs blancs, sans la moindre image. Au début, j'ai essayé de ralentir le flux des objets et des meubles qui, tout naturellement, venaient se poser dans les pièces vides. Je n'ai pas résisté longtemps. On ne peut rien contre leur force sournoise. Très vite, ils dépassent leur simple rôle fonctionnel et s'imposent en prétendant répondre au besoin d'appropriation que souhaitent manifester les occupants. Résultat : tout un bric-à-brac de consoles, de coffrets, de dessertes, de curiosités et de bibelots dont l'utilité peut être mise en doute a envahi les lieux. J'ai fini par m'habituer à leur sans-gêne.

Sur les murs du vestibule, le dessin de Paul Kauffmann offert par le Voisin. Comme je m'en doutais, je n'ai aucun lien de parenté avec cet illustrateur alsacien natif de Belfort. Néanmoins l'histoire et l'œuvre de cet artiste qui a su si bien évoquer les Landes m'ont intrigué. J'ai désiré connaître les circonstances de son séjour dans cette région. Je suis même parvenu à retrouver des descendants de l'artiste. Né en 1849, Paul Kauffmann fut envoyé pour « couvrir » la guerre des Balkans en 1877, mais il traitait des sujets les plus divers, un peu comme un photo-reporter aujourd'hui [1].

Les dessins accrochés aux murs, les lithographies, les objets, tout ce mobilier hétéroclite garde une vie propre pour le moins dissimulée, déloyale même. Cette accumulation est loin d'être immobile, elle est, au contraire, consumée par une vie obscure peu rassurante. Quand je surgis à l'improviste dans le clair-obscur de l'arrivée et dans cette saisie brute, je suis frappé par le ruminement envahissant des objets. Est-ce pour cette raison que les gens ne laissent pas si aisément une personne étrangère s'introduire dans leur intérieur ? Les choses qu'ils détiennent et qui leur échappent possèdent une matérialité inconnue, grimacière, sans doute un peu obscène. On comprend qu'ils n'aient pas envie de la dévoiler.

J'affectionne les bruits légers qui rompent la surface du silence — une maison n'est jamais

1. Voir l'avant-propos de Jean Tucoo-Chala *in Les Landes de Bordeaux*, l'Atelier des Brisants, 2002.

muette —, particulièrement la respiration régulière du vieux réfrigérateur, son déclic si caractéristique. Ce fredonnement me plonge dans une rêverie infinie. Il est rompu par un soupir qui se déclenche selon un dispositif impénétrable. L'expiration laisse dans son sillage un clapotis presque sidéral. Il va jusqu'à symboliser pour moi le mystère du monde.

L'espace de la maison s'est considérablement rétréci. Il n'y a que les livres que j'ai réussi à maintenir à distance. Ils sont consignés dans plusieurs pièces. Les gens qui entrent chez moi pour la première fois sont surpris : où sont les bouquins ? Ils sont soulagés de découvrir enfin dans la cuisine une étagère où sont rangés quelques volumes. La bibliothèque est bien maigre, pensent-ils cependant. S'il leur prend la curiosité de l'examiner plus attentivement, ils s'aperçoivent que ce ne sont que des ouvrages de cuisine. Ils en déduisent que seule la littérature gastronomique a droit de cité dans cette maison.

Les livres sont derrière le décor, en coulisses. Ils témoignent du rapport étrange que j'entretiens avec eux. J'ai parlé de la passion éteinte, de l'anorexie. Certes, mais j'ai toujours besoin de leur présence. De ces volumes, je me sens responsable. Notre histoire est trop ancienne. On ne peut pas se quitter ainsi. D'ailleurs on ne se quittera plus. Par tendresse, par reconnaissance, j'accepte de tenir avec eux le rôle de gardien. Nous finirons nos jours ensemble. Sans doute vais-je les consulter, les relire, mais notre liaison ne sera plus la même : nous sommes désormais voués à une liturgie du souvenir. Davantage un témoignage intime de l'instinct de survie qu'un retour au passé. Mais rien n'est joué.

Ainsi lorsque j'ai acheté les Tilleuls, j'étais loin de penser que de liseur déchu, j'allais ressusciter en devenant auteur. Je n'envisage pas qu'il puisse exister un lien entre les deux. Tout s'est déclenché avec la rédaction du *Bordeaux retrouvé*, commencé lors de mon premier été aux Tilleuls. Comme eût dit saint Denis qu'on venait de décapiter et qui, devant ses bourreaux interdits, s'était mis à marcher en tenant sa tête à la main : « Il n'y a que le premier pas qui coûte. » Après, on se déplace avec aisance.

Certes, l'écriture est souvent comparée à une mise à mort à laquelle on tente d'échapper. Toutefois, il faut préciser que, si saint Denis avançait normalement, un détail clochait : il ne put jamais remettre son chef à sa place.

Donc mes premiers pas… J'en avais fait naguère des pas, mais je m'arrêtais toujours après avoir accompli une certaine distance. Un velléitaire de l'écriture. Que de textes, que de romans avortés ! Je n'étais jamais allé au-delà d'une trentaine de pages.

C'est aux Tilleuls que s'était manifesté l'impérieux désir d'écrire. Plus qu'un désir, une exigence. À ce besoin s'ajoutait aussi une obligation qui ressemblait à une dette. N'avais-je pas jusqu'alors profité égoïstement de tous ces livres qui m'avaient non seulement comblé mais aussi tiré d'un grave danger ? Le temps n'était-il pas venu de payer mon écot, de restituer à ma manière ce qui m'avait été si généreusement octroyé ?

Mais cette fois l'enjeu était tout autre. Une question vitale. Je voulais écrire d'abord pour combler un vide, tenter de me refaire une mémoire, de me reconstituer un passé. Aussi pour ne plus laisser s'échapper le présent. On s'en était pris à mon être profond. Le retour chez les vivants m'avait mis K.-O. Je redoutais une dislocation. Le cœur était dans un état proche de la fission. J'étais incapable de rassembler ce qui avait été divisé. Une vie presque morte. En essayant de nommer ce qui m'était advenu, n'allais-je pas retrouver l'unité perdue ? Il ne servait à rien de connaître le sens de cette agression. Il n'y avait aucun sens, mais il fallait explorer, fouiller. L'essentiel était la quête. Accepter de descendre dans son mal au lieu de le refuser. Tant pis si je ne ramenais rien. « Je cherche ce que je ne puis trouver », déclare Yvain dans *Le Chevalier au lion*. Ce désintéressement, ce dédain du résultat me touchent infiniment. Au terme d'une telle exploration, on ne revient jamais bredouille. Tant de prises imprévues surviennent au cours de la poursuite. Pour autant, il ne fallait pas espérer mettre la main sur le Graal, la guérison définitive.

Dans la partie nord, j'ai aménagé mon bureau. Je me plais à croire qu'il subsiste encore dans la pièce, où j'entreposais mes bouteilles, l'odeur vineuse et profonde de cave. D'être le seul à percevoir ce parfum enivrant me déçoit un peu.

Mon goût pour le bordeaux n'a pas disparu, mais il est devenu une dévotion moins dogmatique. C'est un attachement plus raisonnable et sans doute plus profond. Je suis très curieux des autres vins, je ne déteste pas commettre des infidélités. Néanmoins, mes vagabondages me ramènent toujours à mon ancienne passion. Le bordeaux me correspondrait-il ? J'aime vivre dans le duel des contraires. Ce vin est un compromis entre sensualité et retenue. Selon moi, deux vérités opposées peuvent s'accorder. Et le bordeaux sait porter au plus haut point les valeurs de contrainte et de volupté. Je suis un amateur de bordeaux. Ces deux mots sont identiques, ils résument la même morale. Je prise particulièrement l'harmonie des grands médocs qui, derrière une apparente sévérité, cachent une plénitude si savoureuse. Dans ces vins d'assemblage, j'admire l'équilibre constamment entretenu entre la réserve et l'élan. Je redoute cependant que cette élégance, acquise au prix d'un travail de plusieurs siècles et d'un haut perfectionnement culturel, ne finisse par disparaître.

En ce monde impérieux et normatif, l'exacerbation est devenue la règle. Trop de vins aujourd'hui prennent l'emballement pour un exploit, le dépassement pour l'excellence, la disproportion pour l'expression du sublime. Ils exagèrent tout : l'arôme, la concentration, le gras, le boisé, le degré alcoolique. Et les prix. À l'évidence, le bordeaux est tenté par ces outrances — il a déjà succombé pour les prix. Selon moi, la recherche de l'excès, de la profusion, de la performance sont la négation même de l'esprit bordelais. Élaborer des vins puissants est infiniment plus facile que parvenir à l'élégance.

— Pourquoi se tourner vers les bordeaux s'ils se mettent à ressembler aux autres vins ? dis-je au Voisin devenu un ami.

Je le soupçonne de céder à cette mode. Le Voisin est de ces personnes qui possèdent l'art de donner le ton — ce n'est pas un amateur car le véritable amateur se moque de la mode. Il sait capter subtilement l'air du moment, avec distance et même scepticisme. Actuellement, il est tout de noir vêtu et mal rasé. Le crâne est lisse quoique charbonneux sur les pariétaux. Au fond, c'est lui qui a inventé le style « morose-chicos », très en vogue aujourd'hui. Cette antériorité le pousse peut-être à cultiver une certaine dérision qui me divertit infiniment.

— J'aime les vins souples, dit le Voisin d'un air faussement funèbre.

— Justement, c'est le degré alcoolique qui les rend souples et flatteurs. Vous avez tort de rejeter l'amertume et l'acidité. Ces saveurs sont indispensables au vin, elles le structurent, fais-je doctement.

Nous dégustons souvent ensemble autour de la grande table des Tilleuls sur laquelle Norbert essaie généralement de grimper. Il nous souffle généreusement à la figure son haleine de pemmican. Norbert est le fils de Maurice, hélas mort de vieillesse. Il est moins laid, moins têtu que son père. Maurice était un basset exceptionnel. Déluré, roublard, à la limite du machiavélisme. À voir l'affection maladroite que déploie Norbert, on ne peut s'empêcher de faire la comparaison.

À mon ami, je fais valoir que les crus de bordeaux que nous apprécions se retranchent toujours sur l'idée de limite. Malgré leurs exceptionnelles qualités, ils ne poussent jamais à bout leur avantage, ils ne succombent jamais à la démesure.

— Ces vins appartiennent à un monde circonscrit, épuisable. Tout ce qu'exprime le tour de force, le record, est contraire au bordeaux.

— C'est trop compliqué pour moi ! réplique le Voisin de sa voix blanche. Le vin est un plaisir, pas une abstraction. Vous l'intellectualisez trop.

— Intellectualiser ! On dirait que c'est un péché ! Comprendre son plaisir parfois l'augmente.

Ces discussions sont une pratique parfaitement rodée. Je fais l'éloge de la finesse du bordeaux, « une forme de tact ».

— Ah, le tact. Pourquoi avez-vous toujours ce mot à la bouche ? dit le Voisin en prenant cette fausse tête d'enterrement qui fait son charme.

— Mais à l'origine, le tact n'est rien d'autre que le sens du toucher.

— Quel rapport avec le bordeaux ?

— Le bordeaux est avant tout un vin tactile. Des plus grands crus aux plus modestes, ils ont tous le même air de famille, une structure qu'on sent dans la bouche. Le palais palpe cette trame, cette texture…

— Buvons, fait solennellement le Voisin.

Sur un registre plus bas, il grommelle en direction de Norbert :

— Eh, circule, pue-de-la-gueule !


La promenade à présent est finie. Je vais me réfugier dans mon antre que rafraîchit un peu plus l'ombre des tilleuls. Un gros bourdon prisonnier heurte la fenêtre qui donne sur la forêt. Il est vraiment très maladroit. Il tourne dans la pièce puis charge lourdement. L'insecte rebondit sur la vitre, retombe sur le sol. Son corselet noir est traversé par une bande jaune. Il se redresse et reprend son vol.

En automne, j'installe parfois une table pour travailler entre deux tilleuls, à l'emplacement même du hamac. Les feuilles se parent de toutes les nuances du jaune : cuivré, fauve, isabelle, safrané. Elles répandent une odeur profonde de champignons et de fleurs séchées.

En plein air, je suis peu productif. Trop sollicité par le spectacle et les senteurs. Je pense souvent au roman de Kléber Haedens *L'été finit sous les tilleuls*. Quel beau titre ! Il possède une vertu rare : la simplicité et l'évidence de la beauté. C'est l'histoire d'une femme splendide aux « yeux d'almée ». Elle fait la connaissance sur une plage des Landes d'un beau jeune homme mélancolique, instituteur de son état. Il y a d'autres héros. Leur particularité est d'avoir peu vécu et trop fréquenté les romans d'amour. Haedens dit du tilleul qu'« il donne une rondeur au monde ». Dans ce livre, il est question aussi d'Arsène Lupin, de Robinson Crusoé. À quoi bon d'ailleurs raconter l'histoire ? Quand on a trouvé un tel titre, l'intrigue importe peu. Il suffit de rester à la hauteur de l'intitulé. La dernière phrase du roman m'émeut vivement. L'instituteur et l'almée viennent d'apprendre la mort d'une des héroïnes : « Ils restèrent un instant sous les tilleuls, debout dans leurs habits d'été. »

L'idée que l'été ne fait que commencer me remplit de reconnaissance. Tant de promesses ! Les matins mouillés par la rosée, les longues soirées animées à l'ombre de mon platane orphelin. Mais pourquoi ce gros bourdon vient-il troubler la paix de ce bel après-midi ? Il veut s'échapper. Son corps lourd frappe violemment les vitres.

J'ai pourtant ouvert un battant.

1<sup>er</sup> octobre 2006

# DU MÊME AUTEUR

*Aux Éditions de la Table Ronde*

LA CHAMBRE NOIRE DE LONGWOOD, le voyage à Sainte-Hélène, 1997 (Folio n° 3083)

LA LUTTE AVEC L'ANGE, 2001 (Folio n° 3727)

RAYMOND GUÉRIN, 31, ALLÉES DAMOUR, 2004

*Aux Éditions Fayard*

COURLANDE, 2009 (Livre de Poche)

REMONTER LA MARNE, 2013

*Aux Éditions des Équateurs*

VOYAGE À BORDEAUX, 2011

VOYAGE EN CHAMPAGNE, 2011

*Chez d'autres éditeurs*

LE BORDEAUX RETROUVÉ, *Hors commerce*, 1989

L'ARCHE DES KERGUELEN, VOYAGE AUX ÎLES DE LA DÉSOLATION, *Flammarion*, 1993

LA MORALE D'YQUEM, entretiens avec Alexandre de Lur Saluces, *coédition Mollat-Grasset*, 1999

LA MAISON DU RETOUR, *Nil éditions*, 2007 (Folio n°4733)

# COLLECTION FOLIO

### Dernières parutions

6345. Timothée de Fombelle  *Vango, II. Un prince sans royaume*
6346. Karl Ove Knausgaard  *Jeune homme, Mon combat III*
6347. Martin Winckler  *Abraham et fils*
6348. Paule Constant  *Des chauves-souris, des singes et des hommes*
6349. Marie Darrieussecq  *Être ici est une splendeur*
6350. Pierre Deram  *Djibouti*
6351. Elena Ferrante  *Poupée volée*
6352. Jean Hatzfeld  *Un papa de sang*
6353. Anna Hope  *Le chagrin des vivants*
6354. Eka Kurniawan  *L'homme-tigre*
6355. Marcus Malte  *Cannisses* suivi de *Far west*
6356. Yasmina Reza  *Théâtre : Trois versions de la vie / Une pièce espagnole / Le dieu du carnage / Comment vous racontez la partie*
6357. Pramoedya Ananta Toer  *La Fille du Rivage. Gadis Pantai*
6358. Sébastien Raizer  *Petit éloge du zen*
6359. Pef  *Petit éloge de lecteurs*
6360. Marcel Aymé  *Traversée de Paris*
6361. Virginia Woolf  *En compagnie de Mrs Dalloway*
6362. Fédor Dostoïevski  *Un petit héros. Extrait de mémoires anonymes*
6363. Léon Tolstoï  *Les Insurgés. Cinq récits sur le tsar et la révolution*
6364. Cioran  *Pensées étranglées précédé du Mauvais démiurge*

6365. Saint Augustin — *L'aventure de l'esprit et autres confessions*

6366. Simone Weil — *Pensées sans ordre concernant l'amour de Dieu et autres textes*

6367. Cicéron — *Comme il doit en être entre honnêtes hommes...*

6368. Victor Hugo — *Les Misérables*

6369. Patrick Autréaux — *Dans la vallée des larmes suivi de Soigner*

6370. Marcel Aymé — *Les contes du chat perché*

6371. Olivier Cadiot — *Histoire de la littérature récente (tome 1)*

6372. Albert Camus — *Conférences et discours 1936-1958*

6373. Pierre Raufast — *La variante chilienne*

6374. Philip Roth — *Laisser courir*

6375. Jérôme Garcin — *Nos dimanches soir*

6376. Alfred Hayes — *Une jolie fille comme ça*

6377. Hédi Kaddour — *Les Prépondérants*

6378. Jean-Marie Laclavetine — *Et j'ai su que ce trésor était pour moi*

6379. Patrick Lapeyre — *La Splendeur dans l'herbe*

6380. J.M.G. Le Clézio — *Tempête*

6381. Garance Meillon — *Une famille normale*

6382. Benjamin Constant — *Journaux intimes*

6383. Soledad Bravi — *Bart is back*

6384. Stephanie Blake — *Comment sauver son couple en 10 leçons (ou pas)*

6385. Tahar Ben Jelloun — *Le mariage de plaisir*

6386. Didier Blonde — *Leïlah Mahi 1932*

6387. Velibor Čolić — *Manuel d'exil. Comment réussir son exil en trente-cinq leçons*

6388. David Cronenberg — *Consumés*

6389. Éric Fottorino — *Trois jours avec Norman Jail*

6390. René Frégni — *Je me souviens de tous vos rêves*

6391. Jens Christian Grøndahl — *Les Portes de Fer*

6392. Philippe Le Guillou     *Géographies de la mémoire*
6393. Joydeep Roy-
      Bhattacharya           *Une Antigone à Kandahar*
6394. Jean-Noël Schifano     *Le corps de Naples. Nouvelles*
                               *chroniques napolitaines*
6395. Truman Capote        *New York, Haïti, Tanger*
                               *et autres lieux*
6396. Jim Harrison          *La fille du fermier*
6397. J.-K. Huysmans       *La Cathédrale*
6398. Simone de Beauvoir     *Idéalisme moral et réalisme*
                               *politique*
6399. Paul Baldenberger     *À la place du mort*
6400. Yves Bonnefoy        *L'écharpe rouge* suivi de *Deux*
                               *scènes et notes conjointes*
6401. Catherine Cusset      *L'autre qu'on adorait*
6402. Elena Ferrante        *Celle qui fuit et celle qui reste.*
                               *L'amie prodigieuse III*
6403. David Foenkinos      *Le mystère Henri Pick*
6404. Philippe Forest       *Crue*
6405. Jack London         *Croc-Blanc*
6406. Luc Lang             *Au commencement du septième*
                               *jour*
6407. Luc Lang             *L'autoroute*
6408. Jean Rolin           *Savannah*
6409. Robert Seethaler      *Une vie entière*
6410. François Sureau       *Le chemin des morts*
6411. Emmanuel Villin       *Sporting Club*
6412. Léon-Paul Fargue      *Mon quartier et autres lieux*
                               *parisiens*
6413. Washington Irving     *La Légende de Sleepy Hollow*
6414. Henry James         *Le Motif dans le tapis*
6415. Marivaux             *Arlequin poli par l'amour*
                               *et autres pièces en un acte*
6417. Vivant Denon         *Point de lendemain*
6418. Stefan Zweig         *Brûlant secret*
6419. Honoré de Balzac      *La Femme abandonnée*
6420. Jules Barbey
      d'Aurevilly              *Le Rideau cramoisi*

6421. Charles Baudelaire      *La Fanfarlo*
6422. Pierre Loti             *Les Désenchantées*
6423. Stendhal                *Mina de Vanghel*
6424. Virginia Woolf          *Rêves de femmes. Six nouvelles*
6425. Charles Dickens         *Bleak House*
6426. Julian Barnes           *Le fracas du temps*
6427. Tonino Benacquista      *Romanesque*
6428. Pierre Bergounioux      *La Toussaint*
6429. Alain Blottière         *Comment Baptiste est mort*
6430. Guy Boley               *Fils du feu*
6431. Italo Calvino           *Pourquoi lire les classiques*
6432. Françoise Frenkel       *Rien où poser sa tête*
6433. François Garde          *L'effroi*
6434. Franz-Olivier Giesbert  *L'arracheuse de dents*
6435. Scholastique
      Mukasonga               *Cœur tambour*
6436. Herta Müller            *Dépressions*
6437. Alexandre Postel        *Les deux pigeons*
6438. Patti Smith             *M Train*
6439. Marcel Proust           *Un amour de Swann*
6440. Stefan Zweig            *Lettre d'une inconnue*
6441. Montaigne               *De la vanité*
6442. Marie de Gournay        *Égalité des hommes et des
                               femmes et autres textes*
6443. Lal Ded                 *Dans le mortier de l'amour
                               j'ai enseveli mon cœur...*
6444. Balzac                  *N'ayez pas d'amitié pour moi,
                               j'en veux trop*
6445. Jean-Marc Ceci          *Monsieur Origami*
6446. Christelle Dabos        *La Passe-miroir, Livre II. Les
                               disparus du Clairdelune*
6447. Didier Daeninckx        *Missak*
6448. Annie Ernaux            *Mémoire de fille*
6449. Annie Ernaux            *Le vrai lieu*
6450. Carole Fives            *Une femme au téléphone*
6451. Henri Godard            *Céline*
6452. Lenka Horňáková-
      Civade                  *Giboulées de soleil*

6453. Marianne Jaeglé — *Vincent qu'on assassine*
6454. Sylvain Prudhomme — *Légende*
6455. Pascale Robert-Diard — *La Déposition*
6456. Bernhard Schlink — *La femme sur l'escalier*
6457. Philippe Sollers — *Mouvement*
6458. Karine Tuil — *L'insouciance*
6459. Simone de Beauvoir — *L'âge de discrétion*
6460. Charles Dickens — *À lire au crépuscule et autres histoires de fantômes*
6461. Antoine Bello — *Ada*
6462. Caterina Bonvicini — *Le pays que j'aime*
6463. Stefan Brijs — *Courrier des tranchées*
6464. Tracy Chevalier — *À l'orée du verger*
6465. Jean-Baptiste Del Amo — *Règne animal*
6466. Benoît Duteurtre — *Livre pour adultes*
6467. Claire Gallois — *Et si tu n'existais pas*
6468. Martha Gellhorn — *Mes saisons en enfer*
6469. Cédric Gras — *Anthracite*
6470. Rebecca Lighieri — *Les garçons de l'été*
6471. Marie NDiaye — *La Cheffe, roman d'une cuisinière*
6472. Jaroslav Hašek — *Les aventures du brave soldat Švejk*
6473. Morten A. Strøksnes — *L'art de pêcher un requin géant à bord d'un canot pneumatique*
6474. Aristote — *Est-ce tout naturellement qu'on devient heureux ?*
6475. Jonathan Swift — *Résolutions pour quand je vieillirai et autres pensées sur divers sujets*
6476. Yājñavalkya — *Âme et corps*
6477. Anonyme — *Livre de la Sagesse*
6478. Maurice Blanchot — *Mai 68, révolution par l'idée*
6479. Collectif — *Commémorer Mai 68 ?*
6480. Bruno Le Maire — *À nos enfants*
6481. Nathacha Appanah — *Tropique de la violence*

6482. Erri De Luca — *Le plus et le moins*
6483. Laurent Demoulin — *Robinson*
6484. Jean-Paul Didierlaurent — *Macadam*
6485. Witold Gombrowicz — *Kronos*
6486. Jonathan Coe — *Numéro 11*
6487. Ernest Hemingway — *Le vieil homme et la mer*
6488. Joseph Kessel — *Première Guerre mondiale*
6489. Gilles Leroy — *Dans les westerns*
6490. Arto Paasilinna — *Le dentier du maréchal, madame Volotinen et autres curiosités*
6491. Marie Sizun — *La gouvernante suédoise*
6492. Leïla Slimani — *Chanson douce*
6493. Jean-Jacques Rousseau — *Lettres sur la botanique*
6494. Giovanni Verga — *La Louve et autres récits de Sicile*
6495. Raymond Chandler — *Déniche la fille*
6496. Jack London — *Une femme de cran et autres nouvelles*
6497. Vassilis Alexakis — *La clarinette*
6498. Christian Bobin — *Noireclaire*
6499. Jessie Burton — *Les filles au lion*
6500. John Green — *La face cachée de Margo*
6501. Douglas Coupland — *Toutes les familles sont psychotiques*
6502. Elitza Gueorguieva — *Les cosmonautes ne font que passer*
6503. Susan Minot — *Trente filles*
6504. Pierre-Etienne Musson — *Un si joli mois d'août*
6505. Amos Oz — *Judas*
6506. Jean-François Roseau — *La chute d'Icare*
6507. Jean-Marie Rouart — *Une jeunesse perdue*
6508. Nina Yargekov — *Double nationalité*
6509. Fawzia Zouari — *Le corps de ma mère*
6510. Virginia Woolf — *Orlando*
6511. François Bégaudeau — *Molécules*
6512. Élisa Shua Dusapin — *Hiver à Sokcho*

6513. Hubert Haddad — *Corps désirable*
6514. Nathan Hill — *Les fantômes du vieux pays*
6515. Marcus Malte — *Le garçon*
6516. Yasmina Reza — *Babylone*
6517. Jón Kalman Stefánsson — *À la mesure de l'univers*
6518. Fabienne Thomas — *L'enfant roman*
6519. Aurélien Bellanger — *Le Grand Paris*
6520. Raphaël Haroche — *Retourner à la mer*
6521. Angela Huth — *La vie rêvée de Virginia Fly*
6522. Marco Magini — *Comme si j'étais seul*
6523. Akira Mizubayashi — *Un amour de Mille-Ans*
6524. Valérie Mréjen — *Troisième Personne*
6525. Pascal Quignard — *Les Larmes*
6526. Jean-Christophe Rufin — *Le tour du monde du roi Zibeline*
6527. Zeruya Shalev — *Douleur*
6528. Michel Déon — *Un citron de Limone* suivi d'*Oublie...*
6529. Pierre Raufast — *La baleine thébaïde*
6530. François Garde — *Petit éloge de l'outre-mer*
6531. Didier Pourquery — *Petit éloge du jazz*
6532. Patti Smith — *« Rien que des gamins ». Extraits de Just Kids*
6533. Anthony Trollope — *Le Directeur*
6534. Laura Alcoba — *La danse de l'araignée*
6535. Pierric Bailly — *L'homme des bois*
6536. Michel Canesi et Jamil Rahmani — *Alger sans Mozart*
6537. Philippe Djian — *Marlène*
6538. Nicolas Fargues et Iegor Gran — *Écrire à l'élastique*
6539. Stéphanie Kalfon — *Les parapluies d'Erik Satie*
6540. Vénus Khoury-Ghata — *L'adieu à la femme rouge*
6541. Philippe Labro — *Ma mère, cette inconnue*
6542. Hisham Matar — *La terre qui les sépare*
6543. Ludovic Roubaudi — *Camille et Merveille*
6544. Elena Ferrante — *L'amie prodigieuse (série tv)*
6545. Philippe Sollers — *Beauté*

6546. Barack Obama — *Discours choisis*

6547. René Descartes — *Correspondance avec Élisabeth de Bohême et Christine de Suède*

6548. Dante — *Je cherchais ma consolation sur la terre...*

6549. Olympe de Gouges — *Lettre au peuple et autres textes*

6550. Saint François de Sales — *De la modestie et autres entretiens spirituels*

6551. Tchouang-tseu — *Joie suprême et autres textes*

6552. Sawako Ariyoshi — *Les dames de Kimoto*

6553. Salim Bachi — *Dieu, Allah, moi et les autres*

6554. Italo Calvino — *La route de San Giovanni*

6555. Italo Calvino — *Leçons américaines*

6556. Denis Diderot — *Histoire de Mme de La Pommeraye* précédé de l'essai *Sur les femmes.*

6557. Amandine Dhée — *La femme brouillon*

6558. Pierre Jourde — *Winter is coming*

6559. Philippe Le Guillou — *Novembre*

6560. François Mitterrand — *Lettres à Anne. 1962-1995. Choix*

6561. Pénélope Bagieu — *Culottées Livre I – Partie 1. Des femmes qui ne font que ce qu'elles veulent*

6562. Pénélope Bagieu — *Culottées Livre I – Partie 2. Des femmes qui ne font que ce qu'elles veulent*

6563. Jean Giono — *Refus d'obéissance*

6564. Ivan Tourguéniev — *Les Eaux tranquilles*

6565. Victor Hugo — *William Shakespeare*

6566. Collectif — *Déclaration universelle des droits de l'homme*

6567. Collectif — *Bonne année ! 10 réveillons littéraires*

6568. Pierre Adrian — *Des âmes simples*

6569. Muriel Barbery — *La vie des elfes*

6570. Camille Laurens      *La petite danseuse de quatorze ans*

6571. Erri De Luca      *La nature exposée*

6572. Elena Ferrante      *L'enfant perdue. L'amie prodigieuse IV*

6573. René Frégni      *Les vivants au prix des morts*

6574. Karl Ove Knausgaard      *Aux confins du monde. Mon combat IV*

6575. Nina Leger      *Mise en pièces*

6576. Christophe Ono-dit-Biot      *Croire au merveilleux*

6577. Graham Swift      *Le dimanche des mères*

6578. Sophie Van der Linden      *De terre et de mer*

6579. Honoré de Balzac      *La Vendetta*

6580. Antoine Bello      *Manikin 100*

6581. Ian McEwan      *Mon roman pourpre aux pages parfumées* et autres nouvelles

6582. Irène Némirovsky      *Film parlé*

6583. Jean-Baptiste Andrea      *Ma reine*

6584. Mikhaïl Boulgakov      *Le Maître et Marguerite*

6585. Georges Bernanos      *Sous le soleil de Satan*

6586. Stefan Zweig      *Nouvelle du jeu d'échecs*

6587. Fédor Dostoïevski      *Le Joueur*

6588. Alexandre Pouchkine      *La Dame de pique*

6589. Edgar Allan Poe      *Le Joueur d'échecs de Maelzel*

6590. Jules Barbey d'Aurevilly      *Le Dessous de cartes d'une partie de whist*

6592. Antoine Bello      *L'homme qui s'envola*

6593. François-Henri Désérable      *Un certain M. Piekielny*

6594. Dario Franceschini      *Ailleurs*

6595. Pascal Quignard      *Dans ce jardin qu'on aimait*

6596. Meir Shalev      *Un fusil, une vache, un arbre et une femme*

6597. Sylvain Tesson      *Sur les chemins noirs*

6598. Frédéric Verger      *Les rêveuses*

6599. John Edgar Wideman      *Écrire pour sauver une vie. Le dossier Louis Till*

6600. John Edgar Wideman      *La trilogie de Homewood*

*Composition Facompo*
*Impression Maury Imprimeur*
*45330 Malesherbes*
*le 14 octobre 2019*
*Dépôt légal : octobre 2019*
*1ᵉʳ dépôt légal dans la collection : mai 2008*
*Numéro d'imprimeur : 240513*
ISBN 978-2-07-034911-1. / Imprimé en France.